KB097279

어린이의 말

작고 ——— 외롭고 ——— 빛나는

어린이의 말

박애희 지음

열림원

어린이들은 알까.

자신들이 때때로 어른을 훌륭하게 가르치고 있다는 것을.

작고 사소한 순간을 반짝이게 만드는 어린이에 대하여

이 책의 주인공은 어린이다.

일상에서 만나게 되는 우리 주변의 어린이부터 많은 사랑을 받는 문학작품 속 어린이, TV 프로그램과 영화에 등장하는 어린이까지 이 책에서 모두 만날 수 있다.

저마다의 빛깔과 이야기를 가진 작은 존재들에 관해 책을 써야겠다고 마음먹게 된 데는 한 어린이의 영향이 컸다.

"엄마, 이 쿠키는 눈을 감고 먹으면 꼭 구름을 먹는 것 같아."

다섯 살 때 생애 처음으로 머랭 쿠키를 먹은 우리 집 어린이의 소감을 기억한다. 아이다운 표현에 반해 그때 나도 눈을 감고 쿠키를 하나 입에 넣었더랬다. 쿠키가 입안에서 솜사탕처럼 녹자 몽글몽글한 행복이 이내 마음에 퍼졌다. 그날 오랜만에 아이처럼 웃었다.

아이도 나도 열이 38도가 넘던 날이었다. 유치원을 하루 쉬게 된 아이가 뜨거워진 이마를 내게 기대며 말했다.

"그러니까, 오늘은 우리만 휴가네!"

아픈 순간에도 기어이 찾아내는 오늘의 행복. 아이 덕에 그날은 힘들었던 날이 아닌, 우리만의 특별한 휴가로 곱게 기억에 남았다.

아기였던 아이가 어린이로 자라 '대화'라는 걸 하게 되면서, 나는 자주 감탄했다. 아이는 어른인 내가 미처 발견하지 못한 일상의 행복들을 연금술사처럼 잘 건져냈다. 그때마다 작고 사소한 순간들이 반짝였다. 그것이 어린이가 가진 특별하고 빛나는 재능이라는 걸 눈치채는 데는 오래 걸리지 않았다. 나는 금세 어린이란 존재를 부러워하며 흠모하게 되었다. 사랑에 빠지면 세상은 온통 사랑하는 대상으로 가득 찬다. 자꾸자꾸 어린이가 내 눈과 마음에 들어왔다.

엘리베이터를 탔더니 네 살 어린이가 내게 "안녕!"이라는 인사를 열 번쯤 해준다. 앙증맞은 다섯 손가락을 얌전히 모아 쉼 없이 흔들면서. 세상과 사람이 나를 사랑해줄 거라는 어린이의 맑은 믿음을 마주할 때면 마음이 환해진다. 아파트 근처를 걷다가 가끔 어린이가 발랄하게 걸어오는 모습을 보며 혼자 슬쩍 웃을 때도 있다. 뭐가 그렇게 좋은지 한 걸음마다 한 발로 가볍게 다른 발목을 치며 점프하는 아이. 어린이에겐 보도블록도 트램펄린이 된다. 가끔 창을 열면 어린이들이 "와와" 하고 축구하는 소리가 들린다. 뛰고 차고 넘어지고 드러누우면서 발산하는 에너지는 내가 사는 아파트 10층까지 후끈하게 만들곤 한다.

하루치의 고단함을 어서 치우고 싶어 빨리 잠들려는 어른과 달리, 어떻게든 더 놀고 싶어 잠드는 게 제일 싫은 어린이를 볼 때마다 궁금했다. 어린이의 마음에는 어떤 그림들이 그려지고 있는지. 그 비밀을 알아낼 수 있다면, 어쩐지 이전보다 행복해질 것만 같았다. 어린이의 마음을 이해할 수 있다면 더 좋은 양육자가, 더 괜찮은 어른이 될 것도 같았다.

반짝반짝 빛나는 어린이들의 말을 마음의 창고에 하나씩 저장해야겠다고 마음먹은 건 그런 이유였다.

아이의 친구가 어쩌다 집에 놀러 오면 몰래(방해하지 않기 위해) 그들의 수다를 엿들었다. 길을 걷다가도 어린이들이 보이면 그들의 몸짓이나 표정을 훔쳐봤다(이상한 사람은 아니에요). TV에서 어린이가 나오면 하던 설거지도 멈추고 무슨 얘기를 하는지 들었다. 어린이가 주인공으로 나오는 영화를 찾으면 짬을 내서 꼭 챙겨 보았다. 아이가 깔깔대며 읽은 동화책을 만나면 보물찾기를 하는 마음으로 꼼꼼하게 읽었다. 그렇게 어린이 곁에 바짝 다가가자 예전보다 어린이를 더욱 사랑하게 되어버렸다.

여리지만 용감하고, 엉뚱하지만 사랑스럽고, 똑똑하지만 외롭고, 제멋대로지만 다정하고, 어설프지만 당당한 어린이들을 만날 때면 때로는 웃음이 났고, 때로는 설렜고, 때로는 울컥했다. 그때마다 어린이들의 말을 부지런히 옮겨 적으며 글을 썼다. 삶을 윤이 나게 만드는 작은 존재들의 마법을 기록하는 마음으로.

이제 와 돌아보니 그 모든 순간은 삶을 처음부터 다시 배우는 시간이기도 했다. 귀엽고 해맑은 캐릭터만으로 정의할 수 없는 다채롭고 매력적인 어린이에 대한 팬심이 가져다준 귀한 선물이었다.

어떤 시간은 잊어버린 줄 알았던 삶의 한 부분들을 불러낸다. 엎어지고 깨지면서도 한번 울고 다시 일어나 계속 자라기를 멈추지 않는 우리의 아이들과 다양한 이야기 속 어린 주인공들의 말을 담는 동안, 마치 판타지 동화에서 타임 슬립을 한 것처럼 과거에 사는 한 어린아이를 만났다. 그 아이는 삶에 치여 오랜 시간 돌보지 못한 채 외면했던 (모든 어른의 가슴속에 살고 있다는) 내 안의 자라지 못한 아이였다. 그 아이는 씩씩하고 사랑 많은 어린이 친구들을 만나 종알종알 수다를 떨면서 다시 자라기 시작했다. 덕분에 이제 나는 생의 우수와 시련 속에서도 어딘가에서 빛나고 있을 일상의 소중한 순간들을 믿는 어른이 되어가고 있는 것 같다. 이 책을 읽는 분들에게도 그런 시간이 찾아오면 좋겠다.

　　책의 제목 『어린이의 말』 앞에 붙은 부제 '작고 외롭고 빛나는'을 듣고 지인이 그런 말을 했다. '작고'와 '빛나는'은 어린이와 흔히 어울리는 말이지만, '외롭고'는 조금 의외라고.
　　자기 몫의 삶을 살아내는 존재에게는 언제나 외로움이 따른다. 어린이의 세계라고 다를까. 돌아보면, 어린 시절의 우리들 또한 어른들이 흔히 하는 "좋을 때다"라는 단순한 말에 다 담을 수 없는 불안, 혼란, 경쟁, 상처, 좌절이 혼재하는 시간을 외로이 견뎌내며 한 사람의 어른이 되었다. 오늘날의 어린이에게도 그것은 예외가 아니다. 어쩌면 요즘의 어린이들은 우리 때보다 더 버거운 시간을 견디고 있는 것도 같다. 그럼에도 언제나 삶과 세상에 대한 경이와 호감을 잃지 않은 채 어른들에게 기쁨과 행복을 전해주는 어린이들에게 깊은 사랑과 응원을 보낸다.

끝으로, 빨간 머리 앤처럼 다정다감한 수다로 어린이의 이야기를 있는 힘껏 전해준 우리 집 어린이 J의 이야기를 하고 싶다. 삶에 점점 무감해지는 엄마를 오감으로 자극하며 매일 삶의 눈부신 기쁨을 전해주는 J가 없었다면 이 책을 완성할 수 없었을지 모른다. 혹시나 이 책에서 마음에 남는 이야기가 있다면 그것은 모두 J가 한 이야기일 것이다.

J에게 다시 한번, 더할 수 없는 사랑을 전한다.

박애희

차례

작가의 말–

작고 사소한 순간을 반짝이게 만드는 어린이에 대하여 6

1장 – 우리가 사랑한 어린이

너희는 괜찮을 거야 18

빨간 머리 앤의 질문 24

행복은 그냥 노는 거예요 32

진짜로 일어날지도 몰라 기적 39

어린이의 특급 임무 feat. 어린 왕자 45

톰 소여와 허크 그리고 어린이 해방군 총사령관 51

내가 사랑하는 피너츠 친구들 59

인생을 즐기기에 딱 좋은 나이 feat. 삐삐 66

2장 – 이토록 작고 외롭고 빛나는 너의 말

반창고의 마법 74

그냥 마음껏 날아 81

우리를 구원하는 상상 88

사랑이 어떻게 변하냐고 묻는다면 94

누구나 마음속 구슬이 깨지며 어른이 된다 100

우정을 지키는 단 하나의 방법 106

그저 먹고 자라는 것이 전부는 아니어서 112

매일 새로 쓰는 이야기 118

3장 – 반짝이지만 초라하고 웃기지만 슬펐던

실수가 훈훈한 미담이 되기 위한 조건 126

어린이의 허세에는 다 이유가 있다 132

알 길 없는 인생을 상대하는 최고의 방식 139

몰라도 돼요 146

괴물에게 하는 엄마의 부탁 152

내가 만약 외로울 때면 누가 나를 위로해주지 159

우리는 누구나 3억 대 1 경쟁률의 최종 우승자 164

어른을 미워해도 되나요? 172

4장 _ 어린이는 다 알고 있다

어린이도 다 안다 180

똑똑, 잘 지내나요? 186

하이디가 슬픔을 대하는 태도에 관하여 192

모두 너를 위한 거라는 거짓말 198

어린이의 마음이 구해내는 것들 206

괜찮은 아이들이 계속 괜찮을 수 있도록 213

영원한 내 편에 대한 로망 220

아이들이 원하는 진짜 어른 226

5장 _ 너와 함께, 한 번 더 사는 날들
우린 절대 가라앉지 않아 236
너는 자라 마침내 네가 되겠지 242
나비 포옹법 249
시차의 슬픔 255
그건 절대 당신 잘못이 아니에요 260
내가 지켜줄게요 268
누구나 한 번은 기립 박수를 받아야 한다 274
나를 믿는 당신을 믿어요 281

반짝반짝 빛나는 '어린이의 말' 저장소 288
함께 들여다본 책과 영화들 292

1장

우리가
사랑한
어린이

너희는
괜찮을 거야

봄 햇살을 받으며 놀이터에서 한참을 뛰어놀던 일곱 살 여자아이가 엄마를 불렀다.

"엄마, 나 배고파. 감자튀김 먹고 싶다."

다정한 엄마는 가까운 분식점에서 감자튀김을 팔았던 걸 기억하고는 바쁜 걸음으로 뛰어가 얼른 따끈따끈한 감자튀김 한 봉지를 아이 앞에 대령했다. 근처에서 놀고 있던 여자아이의 친구와 오빠들까지 다섯 명의 아이들이 벤치에 모였다. 작은 손들이 감자튀김 봉지로 부지런히 들어갔다 나올 때마다 아이들의 볼이 야무지게 우물거렸다. 3분의 1쯤 먹었을 때였나. 다섯 살쯤 되어 보이는 아이가 어딘가에서 나타났다. 짧은 단발머리에 오종종한 눈코입을 가진 아이는 벤치에 놓인 감자튀김 봉지를 잠깐 바라보더니 거침없이 손을 쑥 넣고는 하나를 꺼내 먹었다. 곁에 있던 엄마들은 살짝 당황했다. 아이는 누구의 눈치도 보지 않고 계속해서 봉지에 손을 넣었다. 감자튀김을 사 온 엄마가 작은 소리로 말했다.

"모자라지 않을까?"

엄마의 말을 들었는지 감자튀김을 사달라고 했던 여자아이가 봉지를 쓱 들여다보더니 고개를 갸웃거리며 말했다.

"왜? 아직 많은데?"

사실 감자튀김 한 봉지는 많지 않았다. 한두 명의 아이들이 먹기에 적당한 양이었다. 그런데도 불쑥 등장한 꼬마 손님을 보고 다섯 명의 아이들은 조금도 동요하지 않았다. 어린 동생을 경계하거나 밀어내는 아이 하나 없었다. 아이들은 마치 예전부터 알던 사이 같았다. 그때, 벤치 건너편에서 아이를 부르는 엄마 목소리가 들렸다. 아이는 엄마의 부름을 듣고도 꼼짝을 하지 않다가 봉지가 바닥을 보이자 반들거리는 입술을 한 채 말없이 총총걸음으로 사라졌다. 아이들도 다시 미끄럼틀로 달려가 신나게 놀기 시작했다. 한 시간쯤 지났을 때, 감자튀김을 함께 먹었던 꼬마 손님이 다시 놀이터로 왔다. 작고 통통한 손에 언니 오빠에게 줄 마이쮸를 몇 개 들고서.

어른인 내게 이 풍경은 몹시 의외였다. 자신보다 작고 약한 존재를 향한 이해가 어떻게 이토록 자연스럽고 쉬울 수가 있는 거지. 봄날의 햇살 같은 풍경을 보고 어리둥절해 있는 내게 아이들이란 원래 그런 존재라고 다시 한번 가만가만한 목소리로 알려주는 이야기를 하나 찾았다.

추운 겨울날, 한 소년이 트램에서 내린다. 거대한 빌딩 숲과 곳곳에 심어진 거대한 전봇대 때문일까. 소년은 유난히 왜소해 보인다. 작은 배낭을 메고 어디론가 걸어가는 소년의 표정은 어쩐지 밝아 보이지가 않는다. 걱정이 있는 걸까. 북적거리는 거리와 쿵쾅거리는 공사장 옆을 위태롭게 걸으며 큰 소리로 고함치는 어른들 틈을 지나는 소년의 머릿속은, 커다란 소리에 등을 웅크린 채 겁에 질려도 아무도 돌아보지 않는 작은 존재에 대한 걱정으로 가득하다. 그가 지금 얼마나 외롭고 무서울지, 소년은 누구보다 잘 알고 있다. 자신이 보는 세상 또한 때로는 너무나 거대하고 위협적이므로. 찬바람을 맞으며 외롭게 혼자 걷는 소년을 불러 세워 도대체 누구를 찾아 어디를 그렇게 가고 있는 거냐고 묻고 싶어질 때쯤, 걸음을 멈춘 소년의 작은 목소리가 마음에 들어온다.

나는 너를 알아.

너는 괜찮을 거야.

— 시드니 스미스, 『괜찮을 거야』

걱정하는 존재를 향해 차근차근 이어지는 소년의 조언은 세심하다. 어두운 골목으로는 가지 말고, 사납고 큰 개가 있는 건물 앞으로는 지나가지 말고, 숨기 좋은 나무 덤불이나 따뜻한 환풍구 밑에서 한숨 자라는 이야기. 누구에게 하는 얘기인지, 소년이 저 아랫동네 생선 가게 주인들이 좋은 사람이라고 말하는 순간 짐작이 간다.

거리에 눈발이 날리기 시작하고, 소년은 배낭을 열어 종이 한 장을 꺼내 가로등에 붙인다. "찾습니다"라는 글귀와 함께 동그랗게 몸을 만 고양이가 보이는 전단지다. 그걸 한참 바라보는 소년의 애틋한 바람. 너는 괜찮을 거야. 책을 덮어도 소년의 목소리가 한동안 귓가에 남는다.

밖으로 놀러 나갔던 아이가 다급하게 전화를 걸어왔다.

"엄마, 여기 아기 고양이가 있어. 깨끗한 걸 보니까 버려진 것 같아. 사료 좀 챙겨줄 거 있을까?"

마침 집에 가지고 있던 무염 연어 캔을 들고 후다닥 나가보니 동네 꼬마들이 모두 모여 있다. 어떤 아이는 집으로 전화를 걸어 키우면 안 되냐고 조르고, 어떤 아이는 고양이가 자신의 손등에 얼굴을 비볐다면서 내게 자랑을 한다. 캔을 따서 입에 대주자 할짝거리는 모습이 귀엽다며 감탄을 하는 아이들을 보며 속으로 말했다. 너희들이 더 귀엽거든.

　아이들은 항상 자신보다 작고 약한 존재에게 마음을 내어준다. 그 대상은 생물과 무생물을 가리지 않는다. 강아지 인형이 외로울까 봐 곰 인형을 옆에 앉혀주고, 과자 봉지에 그려진 귀여운 꿀벌이 안타깝고 안쓰러워서 "엄마, 안 버릴 거지?" 재차 확인하고, 좋아하는 캐릭터가 그려진 연필을 연필깎이에 넣었다가 캐릭터가 사라질까 봐 몇 년째 새 연필을 쓰지도 못하고, 차도에 나와 있는 비둘기가 혹시라도 차에 치일까 봐 달려가 발을 구르며 날려 보내고, 보도블록에 나온 달팽이가 말라 죽을까 봐 조심스럽게 들어 화단으로 옮겨주는 아이들을 종종 만난다. 운 좋게도 그들의 맑고 따뜻한 애정을 마주하면 이 말이 너무 하고 싶어서 입이 근질거린다.

　있지, 너희의 그 마음들이 너희를 지켜줄 거야.
　너희는 괜찮을 거야.

　아이들을 옆에서 바라볼 때면 조용히 내게 묻게 된다. 나는 그런 사람인가. 누군가 간절한 마음으로 붙인 전단지를 지나치지 않는 사람, 아이와 함께 쭈그리고 앉아 보도블록 틈에 핀 작은 풀꽃을 오래 들여다보는 사람, 비를 맞으며 홀로 떨고 있는 강아지 곁에 다가가 우산을 씌워주고 안아주는 사람, 어딘가에서 들리는 아이의 울음소리에 제일 먼저 고개를 돌리는 사람인가.

아이들 곁에 있으면 자꾸 욕심이 생긴다. 좋은 사람이 되고 싶은 욕심이.

빨간 머리 앤의
질문

아이를 키우다 보면 질문 폭격의 시대가 도래한다. 세상과 인간과 사물에 대해 끊임없이 "왜?"라는 질문을 던지는 아이들은 더없이 기특하고 대견하지만, 끝도 없는 질문에 답을 해줘야 하는 어른들은 때때로 난감하고 힘이 든다. 두 아이를 둔 아빠 정형돈도 마찬가지였나 보다. 〈옥탑방의 문제아들〉이란 TV 프로그램에서 들은 이야기인데, 아이들이 네 살인가 다섯 살이었을 때 "왜?"의 공격에 시달리던 정형돈이 한번은 꾀를 냈다고 한다. 비가 왜 오냐는 질문에 이때가 기회라며 눈높이 교육은 갖다 버리고 이렇게 설명했던 거다.

"응, 그건 한랭전선과 오호츠크해가 만나서, 오호츠크가 뭐냐고? 응, 그런 게 있어…… 그게 그러니까…… 그렇게

차가운 기류가 형성되면서……."

아빠의 이상한(?) 설명을 들은 아이들은 더는 아빠에게 질문을 하지 않았다고 한다. 웃자고 하는 이야기였겠지만 그가 왜 그런 시도를 했는지 충분히 이해한다. 나는 요즘 이런 질문 공격을 받고 있으니까.

"곰돌이 푸가 떨어지면 어떻게 될까? 김치의 신은? 딸기가 직장에서 해고되면? 경찰서의 반대말은?" (혹시 궁금해하실 분들을 위해 정답을 순서대로 말하면 이렇다. 쿵푸, 갓김치, 딸기 시럽, 경찰 앉아.)

넌센스 퀴즈에 피식 웃어주면 아이는 이때가 기회라는 듯 정말이지 한 번도 상상해보지 않은, 상상하기도 싫은 질문을 아주 진지하게 묻고는 그 답을 진심으로 궁금해한다.

"엄마는 똥 맛 아이스크림이 좋아? 아니면 아이스크림 맛 똥이 좋아? 둘 중 하나를 먹어야 한다면 뭘 먹을 거야?"

나는 이 질문을 열 번쯤 받았을 때(이 질문이 한 게임에 나오는 선택지였다는 걸 알게 됐다) 참지 못하고 말했다.

"이 질문은 이제 그만!"

아이의 엉뚱한 질문 세례를 받다 보면 뇌가 저절로 '타임'을 외친다. 이럴 땐 더 지치기 전에 한 사람을 호출해야 한다. 이런 아이들을 꼭 닮은, 질문을 엄청 많이 하기로 소문난 유명한 소녀.

"샬럿타운에서 기차로 갈아타고 오는데 갑자기 붉은 길들이 휙 스치고 지나갔어요. 그래서 스펜서 아주머니한테 왜 길이 붉은지 물었죠. 아주머니는 모른다고 하면서, 제발 더 이상 물어보지 말라고 했어요. 제가 질문을 천 번도 더 했다나요. 저도 그런 것 같긴 했어요. 하지만 질문을 하지 않는다면 세상을 어떻게 알겠어요?"

— 루시 모드 몽고메리, 「빨간 머리 앤」

보육원에서 나온 앤이 앞으로 함께 살게 될 매슈 아저씨와 이제는 자신의 집이 될 초록 지붕 집으로 처음 가는 길. 앤이 매슈 아저씨에게 쏟아낸 질문의 양은 정말이지 어마어마했다.

"저 나무를 보면 무슨 생각이 나세요?"

"아저씨는 성스럽게 아름다운 것과, 정신이 아찔하게 똑똑한 것과, 천사처럼 착한 것 중에서 고르라면 어떤 걸 고르시겠어요?"

"아저씨도 이렇게 기분 좋은 통증을 느껴본 적이 있나요?"

"아저씨는 어떤 것 때문에 가슴이 떨린 적이 있어요?"

마차를 타고 12킬로미터를 가는 길에 앤이 매슈 아저씨에게 쏟아낸 질문을 세어보았더니 무려 서른여섯 개였다. 매슈 아저씨는 앤의 쏟아지는 질문에 약간 현기증을 느낀다. 그러면서도 어쩐지 앤의 수다가 조금은 좋다.

그의 마음을 이해한다. 아이들의 말은 쏟아지는 양 때문에 버겁기도 하지만 대체로 기발하고 재미있는 데다가 종종 우리를 감탄하게 만드니까. 익숙해진 세상과 삶을 다시 보게 만드는 앤의 질문과 수다는 밋밋한 일상을 살던 매슈 아저씨에게 신선한 즐거움이었을 것이다.

『빨간 머리 앤』이 출간된 시대(1908년 출간)만 해도 아이들이 마음껏 목소리를 내는 일이 쉽지 않았던 모양이다. 실컷 말해도 된다는 매슈 아저씨의 말에 앤이 이렇게 말한 걸 보면 말이다.

"떠들고 싶을 때 마음껏 떠들 수 있고. 아이들이란 눈에는 늘 보여도 절대 소리를 내선 안 된다는 말을 듣지 않아서 다행이에요. 이제까지 그런 소리를 백만 번쯤은 들었을 거예요."

시간은 흘러 흘러 세상은 달라졌다. 많은 육아 전문 서적에서 아이들에게 '질문을 금지'하는 것을 '금지'해야 한다고 말한다. 앤의 말처럼 아이들은 질문을 통해 세상을 배우고 이해한다는 연구 결과도 많다. 그러나 시도 때도 없이 질문하는 어린이보다 어른들의 말에 조용히 고개를 끄덕이는 어린이를 더 환대하는 분위기는 어딘가에 여전히 남아 있다.

학군이 좋다는 동네에 살다가 다시 예전에 살던 서울 외곽으로 두 아이를 데리고 이사를 온 엄마가 있었다. 학령기에 맞춰 일부러 학군 좋은 동네를 찾는 엄마들이 많을 때라 이사를 온 이유가 궁금했다. 아이는 자유분방하고 호기심이 많았다. 학교에서 수시로 손을 들고 질문을 했다. 질문은 수업에 연관된 것도 있고 그렇지 않은 것도 있었을 것이다. 그런 아이를 선생님도 아이들도 좋아하지 않았다. 이 일로 엄마는 선생님과 상담을 했는데 아이의 잦은 질문이 수업의 흐름을 깨고 방해한다는 대답을 들었다. 다른 아이들은 좀처럼 질문하지 않고도 수업을 빠르게 이해하고 받아들인다면서. 학습도 중요하지만, 아이의 개성과 능력이 존중받는 것도 중요하다고 생각한 엄마는 아이를 전학시켰다.

예전이야 주입식 교육이 대부분이었지만, 그 폐해가 알려지면서 전반적인 학습 분위기가 많이 바뀌었다고 생각했는데 그게 꼭 그렇지도 않은 모양이다. 이런 분위기는 대학에서도 마찬가지다. 한국인 최초로 스탠퍼드대 부학장이 된 폴 김 교수는 미국의 상위 대학과 한국 대학의 가장 주목할 만한 차이가 무엇이냐는 질문(폴 김·한돈균,『교육의 미래, 티칭이 아니라 코칭이다』참고)에 "강의실 안의 활기"를 예로 들었다. "활발하게 토론하고 반론하고 아이디어를 제안하고 이상적인 말"을 많이 하는 스탠퍼드의 학생들과 달리 한국의 대학생들은 강의를 들을 때 아무도 질문을 하지 않았다고 한다. 공부를 함께 하고 아이디어를 서로 나누기보다는 "학점에 중요한 요소들만 필기하러 온 느낌"이었다는 얘기다.

직업에 대해 접근하는 방식에도 차이가 있어서 한국 학생들은 "어떻게 삼성에 들어갈 수 있는지 알려주세요. 삼성에 취업하려면 뭘 공부해야 되나요?"라고 묻지만, 스탠퍼드 학생들은 다른 방식으로 묻는다.

"나는 이렇게 하면 삼성을 만들 수 있겠는데 왜 안 된다고 생각하십니까? 삼성 만드는 데 도움이 되는 한 사람을 소개해주세요."

그들이 이처럼 당당하고 진취적인 질문을 할 수 있는 건 어릴 때부터 다양한 질문을 허용하는 분위기에서 자랐기 때문은 아닐까.

물론 아이들의 질문은 종종 맥락에 맞지 않을 때도, 다 아는 뻔한 것일 때도, 지나치게 장난스러울 때도 많다. 그래도 아이들의 질문을 어른들이 너그러운 마음으로 품어주어야 하는 건 아이들의 성장을 위해서다. "왜 그렇게 해야 할까?" "이게 정말 가장 좋은 방법일까?" 질문을 통해 자신만의 생각을 정리해나가는 경험은 아이들을 수동적인 삶에서 주도적인 삶으로 나아가게 할 테니 말이다.

세상을 위해서도 질문은 필요하다. 상식과 규칙에 대해 의심하는 질문이 없다면, 눈에 보이는 것들의 이면을 의심하며 탐구하는 물음표가 없다면, 불합리한 부분에 대해 이의를 제기하지 않는다면, 우리가 지금의 세상을 살 수 있을까. 앞선 세대의 수많은 질문 덕분에 우리는 더 나아진 세상에서 같은 실수와 후회를 조금이나마 덜 반복하고 있는 건 아닐까.

설명하기 어렵고, 따지고 들자면 복잡하기 짝이 없는 문제를 어린이가 들고 오면 어른들은 가끔 이런 대답을 한다.

"그냥 그런 거야."

"그러려니 해."

아이를 키우면서 그 말이 두려워지기 시작했다. 그 말을 듣고 자란 아이들이 어느 날 세상의 결함을 발견했을 때, 부조리한 순간에 맞닥뜨렸을 때, 불합리한 상황에 마주쳤을 때 질문과 이의 대신 침묵과 체념을 선택하며 그것이 자신을 지켜줄 거라 혹시라도 믿게 될까 봐.

"세상을 이해하는 것은 눈에 보이는 것을 그대로 믿지 않는 것이다"라는 수전 손택의 말처럼, 아이들이 더 많이 의

심하고 용기 있게 질문하며 더 멋진 세상을 만들어가길 바란다. 그 옆에서 좋은 질문을 씨앗처럼 심어주고, 모르는 걸 함께 찾아보고 배우며 끊임없이 성장하는 어른이 될 수 있다면 좋겠다. 그러기 위해 내가 먼저 해야 할 일은 이런 게 아닐까. 한없이 떠들어대던 앤에게 매슈 아저씨가 너그러운 미소를 지으며 했던 말을 아이에게 전하는 일.

"그래. 너 좋을 대로 실컷 말하려무나. 난 상관없어."

행복은
그냥 노는 거예요

태권도 학원에 가던 중인 아홉 살 유림 양이 유재석 아저씨와 조세호 아저씨를 만났다. 잠깐 얘기 좀 할 수 있냐는 제안에 말하는 걸 좋아하는 유림 양은 흔쾌하게 승낙을 하고 두 아저씨와 이런저런 이야기를 나눈다. 마치 리허설을 한 것처럼 모든 질문에 한 치의 망설임도 없이 명쾌한 대답을 척척 내놓는 유림 양에게 반한 두 아저씨는 이야기 끝에 어려운 질문을 던진다.

"행복은 뭐라고 생각하세요?"

유림 양은 별다른 고민 없이 이렇게 대답한다.

"음…… 그냥 노는 거요."

  — 〈유 퀴즈 온 더 블럭〉, tvN

　아하. 그렇구나. 어린이가 그토록 부지런히 놀았던 이유를 새삼스레 이제 깨닫는 무지한 어른.

　어린이는 항상 논다. 친구와도 놀고, 엄마와도 놀고, 길 가다 만난 고양이하고도 놀고. 놀 상대가 없으면? 혼자서도 논다. 장소도 시간도 상관 없이 놀고 또 노는 어린이를 이제부터라도 유심히 관찰해보리라 다짐했다. 혹시 모르지 않나. 열심히 관찰하다 보면 수시로 깔깔 웃는 어린이의 비결을 알아낼지도. 다행히 나에겐 함께 사는 어린이가 있어 일단 그가 혼자 노는 모습을 관찰하기로 한다.

　욕실에 들어간 아이가 나오질 않는다. 분명 또 뭔가 일을 벌이고 있는 냄새가 난다. 흥얼거리는 콧노래 소리를 따라 욕실에 가보니 아이는 지금 무한 변신 중이다. 거품이 잔뜩 묻은 머리카락을 전부 쓸어넘겨 '해리포터' 시리즈의 말포이가 되어 거만한 표정을 짓더니 곧 뿔이 두 개 달린 트리케라톱스가 되어 유리 부스를 한 번 찔러주고는 낄낄거린다. 변신에 변신을 마치면 몸의 곳곳에 거품을 잔뜩 바르고는 한바탕 댄스를 춘다. 무아지경으로 춤을 추다 자기가 자기 하는 짓에 넘어가 한참을 흐느적거리며 웃는다. 샤워기에서 나오는 물줄기로 마음을 정리한 다음에는 작업에 들어간다. 김 서린 샤워 부스 유리는 최고의 캔버스니까. 그만 나오라는 엄마의 잔소리가 어디선가 튀어나오자 서둘러 그림 작업을 마치고 수건으로 몸을 닦는 아이. 수건? 이 좋은 걸 두고 안 놀 수 없다. 아이는 수건으로 중요한 부위를 가린 뒤 기원전으로 거슬러 올라가 "우가차차"를 외치더니, 다시 수건을 한쪽 어깨에 걸쳐 몸을 사선으로 가리고는 그리스신화 속 인물로 변신한다. "누구인가. 누가 소리를 내었는가." 제우스가 된 궁예를 훔쳐보던 엄마가 참지 못하고 빵 터지자 아이는 마지막 서비스로 몸을 가린 수건을 일부러 슬쩍 떨어뜨리고는 아악 비명을 질러주며 목욕 쇼를 마무리한다.

아이들이 컨디션이 좋을 때 무한 에너지를 쏟으며 노는 건 당연하다. 하지만 아플 때는 다르지 않을까…… 하고 생각한다면 놀이에 대한 진심을 몰라주는 말씀이다. 아이들은 놀잇감이 없어도, 도저히 놀 수 없는 상황에서도 기어코 놀 거리를 찾아내는 창조적인 존재들이다. 며칠 전에는 콧물과 재채기 때문에 괴로워하는 아이에게 알레르기 약을 주었다. 아이는 조금 전만 해도 재채기와 콧물로 몹시 괴로워했는데, 약봉지를 받자 눈을 반짝이고는 알약을 굴리기 시작했다. 알약이 얼마나 잘 굴러가는지를 충분히 확인한 다음에는 쪼개진 알약과 동그란 알약을 적절히 배치해 눈코입을 만들어 큭큭 웃고 난 뒤에야 약들을 입에 털어 넣었다. 입맛이 없을까 호박죽을 주었더니 그걸 가지고도 그새 또 놀고 있다. 입바람으로 호박죽을 후후 불더니 어서 와보라고 엄마를 급하게 불러댄다. "엄마, 분화구! 화산 분화구!"

놀고 또 놀아도 더 놀고 싶은 아이는 가끔 내게 묻는다.

"엄마는 어릴 때 뭐 하고 놀았어? 뭐가 제일 재밌었어?"

어린이에서 어른이 되는 동안 해야 하고 해내야 하는 일에 파묻혀 나를 즐겁게 했던 많은 놀이를 잊었지만, 아직도 생생하게 기억하는 놀이가 하나 있긴 하다.

이 놀이에는 준비물이 필요했다. 안 쓰는 종이 상자, 빈 종이 몇 장(빳빳하고 거칠수록 더 좋다), 가위, 커터 칼, 풀, 연필과 사인펜. 나는 그것들로 '인형의 집' 세트를 만들었다. '미미 하우스'의 대체제인 셈이었다. 빳빳한 종이를 직사각형으로 오린 뒤 양 끝을 접고 또 접어 안정적인 침대를 만들고, 비슷한 방식으로 식탁과 의자 등의 가구를 만들어 상자 바닥에 꼼꼼하게 붙였다. 뻥 뚫린 천장에서 들여다보이는 작은 세계를 보다 완벽하게 만들기 위해 상자의 옆면에 작은 네모를 그렸다. 창문을 만들기 위해서였다. 창문을 여닫게 하려면 나름 세심한 작업이 필요했다. 직사각형의 마주 보는 짧은 세로 변은 그대로 두고 긴 두 가로 변을 칼로 죽 그은 다음, 가운데를 자른 뒤 양 끝을 접어 창문을 만드는 데

성공했을 때는 짜릿한 성취감까지 느꼈다. 따로 방이 없었던 나는 늘 내 방을 상상했다. 작고 예쁜 창에는 커튼이 드리워져 있고, 푹신한 소파와 근사한 침대와 손님이 오면 차와 쿠키를 대접할 테이블이 있는 방. 그 모든 게 나만의 '인형의 집'에 있었다. 그 안에서 팔등신의 미미도 되고, 원더우먼도 되고, 재벌 집 외동딸도 되었다. 사실 그 시간에 집은 텅 비어 있었고 나는 늘 혼자였지만 외롭다는 생각은 하지 않았다. 그때의 어린 나는 나만의 놀이를 하며 결핍을 채우고 외로움을 달래면서 누군가의 도움 없이 스스로 행복해지는 법을 배워나가고 있었으니까.

박준 시인의 『계절 산문』에도 그가 어린 시절 좋아하던 놀이에 관한 이야기가 나온다. 어린 그가 했던 놀이는 좀 특이했다. 실컷 울고 난 다음, 아무도 없는 밤에만 가능한 놀이였다. 놀이 방법은 간단했다. 그저 눈물이 가득 담긴 "눈을 작게 뜬 채 가로등을 보면서 고개를 양옆으로 휘휘 돌리"면 되는 거였다. 눈물에 가로등 불빛이 산란되는 효과를 즐기는 놀이였던 셈이다. 눈물과 어둠과 빛이 만들어낸 레이저 쇼를 통해 눈물을 그치는 법을 배우는 어린이를 옆에서 봤다면 나도 모르게 꼭 안아주며 이렇게 말했을 것 같다. 너는 꼭 행복해질 거야.

어린 시절 방바닥에 가만히 누워 벽지의 무늬만 보고도 눈코입을 찾아내 상상의 세계를 꾸려 30분은 너끈히 놀던 나는, 이제 시간이 남으면 리모컨만 하염없이 돌리는 심심한 어른이 되었다. 몸은 늘 바쁜데 마음은 한없이 지루한 아이러니에 지쳐가는 어른들은 그래서 안데르센의 이 말을 마음에 담을 필요가 있다.

"그냥 사는 것으로는 안 된다. 햇빛과 자유, 좋아하는 작은 꽃 한 송이는 있어야 한다."

행복은 삶을 제대로 느낄 때 찾아온다. 내가 좋아하는 작은 꽃 한 송이가 어딜 가야 있는지, 언제 주로 피는지도 알아야 한다. 아이들은 이것을 본능적으로 알고 있다. 놀고 또 놀면서 보물찾기하듯 일상 곳곳에 숨은 재미를 찾고, 결핍과 외로움을 달래고, 눈물을 그치며 슬픔을 물리치는 어린이는 모든 종류의 즐거움을 믿는 존재들이니까. 그들은 우리에게 보여준다. 행복한 사람이란 자기 자신과 잘 놀 줄 아는 사람이라는 것을. 그 누구의 시선도 상관하지 않고, 투명하게 나의 욕망을 들여다보며, 내가 좋아하는 것을 향해 달려가는 어린이는 그래서 하루에 500번 넘게 웃는다(어른은 평균 열 번). 그런 그들 곁에 있으면 이 문장이 떠올라 괜히 가슴이 조금 두근거리곤 한다.

산다는 건 백만 사천이백팔십아홉 가지의 멋진 일을 만나게 된다는 뜻이에요.

— 차영아, 「쿵푸 아니면 똥푸」

진짜로 일어날지도 몰라
기적

"떨어진 눈썹을 불면 소원이 이루어진대."

정확히 이 말을 언제 누구에게 들었는지는 기억이 나지 않는다. 확실한 건 그 말을 듣는 순간부터 지금까지 얼굴 어딘가에 떨어진 눈썹을 발견하면 빠짐없이 소원을 빌었다는 거다. 나를 약 올린 남자아이를 혼내주세요. 키가 훌쩍 크게 해주세요. 시험 100점 맞게 해주세요. 엄마가 아프지 않게 해주세요…… 무수한 순간에 어떤 소원을 빌었는지 이제는 기억이 가물가물하지만, 떨어진 눈썹의 숫자만큼 이루고 싶은 일들이 많았다는 건 안다.

어린이들은 어른보다 더 많은 소원을 품고 산다. 삶의 허상과 한계를 경험한 어른과 달리 어린이들은 세상과 자신을 아직 의심하지 않기 때문이다. 당연히 하고 싶은 일도 많고, 할 수 있다고 믿는 일도 많다. 소원을 품고 꿈을 꾸는 어린이들을 좌절시키는 건 어른들이 정해놓은 틀이다. 여기서 벗어나면 위험해. 아직은 너 혼자 할 수 없어. 그래 봤자 소용없어. 더 크면 할 수 있어. 하지만 어린이들의 생각은 다를 것이다. 나도 할 수 있어. 그래도 한번 해보고 싶어. 세상을 탐험하며 자신의 능력을 확인하고 싶은 작은 모험가들은 그래서 종종 어른들 몰래 은밀한 계획을 세운다.

"가고시마서 사쿠라호가 260킬로로 달리잖아.

하카타에서 츠보미호가 260킬로미터로 달리고.

두 열차가 처음 서로 스치고 지날 때 일어나."

"뭐가?"

"기적이."

"기적?"

"엄청난 에너지가 생기거든.

그걸 본 사람들은 별똥별처럼 소원이 이뤄지는 거야."

— 영화 〈진짜로 일어날지도 몰라 기적〉

"야, 정말이야?"

과학 시간, 책상에 엎드려 있던 코이치는 친구들의 말에

벌떡 일어나 묻는다. 자고 일어나면 집에 이만큼씩 쌓여 있는 화산재(활화산이 있는 가고시마에 살고 있다)를 닦아내기 바쁜 코이치는 한번씩 생각한다. 화산이 폭발해서 아빠와 자신이 더는 이곳에서 살 수 없게 되면 좋겠다고. 그러면 동생 류와 엄마가 사는 곳으로 이사 가서 모두 함께 살 수 있을 테니까. 엄마 아빠가 이혼한 뒤로 가족이 떨어져 사는 게 늘 가슴 아픈 코이치다. 날마다 화산이 폭발하길 기도하던 코이치는 친구들이 새로 생긴 열차를 두고 한 말에 귀가 번쩍 뜨인다. 마침내 소원을 이룰 기회가 온 것인가. 코이치는 지도를 펼쳐 열차가 만나는 지점을 표시하고 열차 시간표까지 꼼꼼하게 챙긴다. 이제 두 열차가 만나는 날, 동생 류와 만나기만 하면 된다.

아직 가보지 않은 길에 대한 무한한 호기심과 무엇이든 할 수 있을 거라는 순진무구한 자신감이 혼재하는 시간. 아이들은 기꺼이 원하는 것을 얻기 위해 용감하게 집을 떠나 길을 걷는다. 그 길에 각각의 소원을 품은 친구 일곱 명이 함께한다. 아이들의 소원은 저마다 다르다. 화산이 폭발해서 (이사 가서) 가족이 모이게 해주세요. 이치로 같은 야구 선수가 되게 해주세요. 다정하고 아름다운 사서 선생님과 결혼하게 해주세요. 라이벌 친구를 꼭 이기게 해주세요. 세계 최강의 베이 블레이더가 되게 해주세요. 마주 보며 달려오는 열차의 거대한 에너지가 가져올 기적을 믿으며 소원을 품고 떠난 아이들에게 기적은 과연 일어날까.

그 답을 말하기 전에, 한번 생각해보자. 만약 당신이라면, 아이들의 어떤 얼굴이 더 보고 싶고 궁금할까. 소원이 이루어졌을 때 아이들의 얼굴과 원하던 것을 얻지 못했을 때 아이들의 얼굴 중에서 말이다. 나는 후자다. 전자의 얼굴은 어느 정도 그림이 그려진다. 아이들이 환하게 웃는 모습은 익숙한 장면이기도 하다. 반면에 인생이 기대를 배반했을 때 아이들이 어떤 표정을 지을지는 쉽게 상상이 가지 않는다. 이야기의 갈래도 더 다양할 것이다. 좌절과 슬픔에는 언제나 더 많은 이야기가 숨어 있는 법이다. 고레에다 히로카즈 감독이 선택한 것도 후자였다. 기대를 비껴간 순간, 아이들은 과연 어떤 표정을 짓는가. 그것을 담아내기 위해 이 영화를 만든 건지도 모른다.

그러므로 기적은…… 예상했겠지만, 일어나지 않는다. 세상은 달라지지 않은 채 그대로다. 달라진 건 아이들이다. 코이치는 여행길에 만난 어른으로부터 화산 피해에 관한 이야기를 듣고 생각에 잠긴다. 언젠가 아빠가 '가족보다 세계'를 더 많이 생각했으면 좋겠다고 했던 말을 어렴풋이 이해할 것 같은 기분. 마침내 두 대의 열차가 거대한 굉음을 내며 서로 스치고 지나가는 순간이 왔을 때, 그토록 기다렸던 순간

임에도 불구하고 코이치는 소원을 빌지 않는다. 사사로운 소원보다 인류애를 택한 것이다. 이치로 같은 야구 선수가 되고 싶었던 친구는 소원을 바꿨다. 여행을 떠나기 전, 사랑하는 개가 죽었다. 죽은 개를 배낭에 담아 온 친구는 개를 살려달라고 빌지만, 열차가 지나간 뒤 변함없이 차갑고 뻣뻣한 개를 마주한다. 화를 낼 법도 하건만 친구는 담담하게 집 앞마당에 개를 묻어주고는 늘 기억하겠다고 말한다. 바꿀 수 없는 일에 연연하기보다 자신에게 남아 있는 기억을 지키고 싶은 아이의 얼굴은 슬프지만은 않다. 어찌나 뜻한 바대로 되는 게 하나도 없는지, 여행지에 도착하면 말고기회를 꼭 먹어보자던 아이들의 작은 소원조차 이뤄지지 못했다. 대신 아이들은 돌아오는 길에 말고기 맛 크래커를 나눠 먹으며 함께 웃는다.

소원했던 것보다 못한 성취 앞에서 아이들은 풀 죽은 표정도 우는 표정도 보여주지 않는다. 계획했던 여정을 마친 아이들의 얼굴은 이제 막 인생의 비밀을 알게 된 충격과 감격이 뒤섞여 조금 해쓱하게도 느껴지지만, 생각보다 담담해 보이기까지 한다. 기차역에서 나와 집으로 향하는 발걸음도 무겁지 않다. 그건 아마도 처음에 바라던 것들을 얻을 수는 없었을지라도 그들만의 여정에서 반짝이는 무엇을 건져냈기 때문일 거다.

아이들의 여정을 통해 나 또한 인생에 대해 배운다. 기적은 멀리 있어도, 행복은 가까이에 있다. 그리고 시련과 좌절 속에서도 삶은 여전히 빛난다. 그와 함께 인간에 대해서도 다시 깨우치고 있다. 희망과 기대를 배신하는 삶의 여정 속에서도 어떻게든 의미를 찾아내는 존재가 바로 인간이라는 것을 말이다. 이러니 정말이지 인간을 사랑하지 않을 도리가 없다.

어린이의 특급 임무
feat. 어린 왕자

해가 지는 모습을 본 게 언제였는지 모르겠다. 퇴근이 따로 없는 삶을 살고 있다 보니 저녁 무렵의 풍경은 보통 창밖을 통해 본다. 그마저도 정신없이 아이를 챙기고 저녁을 준비하다 보면 놓칠 때가 많다. 어쩌다 환기를 시키려고 창을 열었다가 우연히 높은 아파트 단지 너머로 주황빛 여운을 발견할 때면 그제야 드는 생각. 지금까지 내가 놓친 해 지는 풍경은 몇 번이나 될까.

"어떤 날은 마흔세 번이나 해가 지는 걸 보았어."

– 생텍쥐페리, 『어린 왕자』

어린 왕자가 살던 소행성 B612는 아주 작아서 해가 자주 뜨고 자주 졌다. 마음이 슬픈 날이면 그는 언제나 작은 의자에 앉아 해 지는 풍경을 바라보았다. 하늘이 장밋빛으로 번져가는 걸 보며 마음을 위로했을 어린 왕자가 부럽지 않은 건 아니지만, 내가 만약 B612에 산다고 해도 해 지는 풍경을 지금보다 많이 봤을 거라고 장담은 못 하겠다. 나는 마음이 바빠 눈앞의 아름다움을 보지 못하는 그렇고 그런 어른이 되었으니까.

이런 내가 우리 집 어린이는 이해가 안 될 것이다. 그래도 나의 어린이는 같이 살고 있다는 의리 때문인지 경이의 순간을 함께 나누는 것을 포기하지 않고 항상 최선을 다한다.

"엄마, 엄마! 빨리 와. 빨리 빨리 빨리이이이!"

무슨 일인가 싶어 아이 방으로 달려가보면 침으로 입에 풍선을 만들고는 감격한 표정으로 날 바라본다. 호응해주면 또 부르겠지. 손가락으로 침풍선을 터뜨리고 무심한 표정으로 돌아서는 나.

"엄마, 엄마! 정말 중요한 장면이야. 빨리 빨리이이!"

이번엔 화장실에서 호출이다. 변기에 앉아 읽고 있던 동화책에서 커다란 강아지를 안고 있는 주인공 그림에 감격해 날 부른 거다.

"진짜 귀엽지. 우리 뭉치 같지. 으흥, 강아지들은 왜 이렇게 귀여울까?"

"그러네. 귀엽네. 그런데 넌 무슨 똥을 그렇게 오래 싸니. 얼렁 나왓!"

분위기 깨는 데 선수인 나.

"엄마, 엄마! 내가 이따가 선물로 사진 세 장 보내줄게. 진짜 진짜 멋진 사진이야. 내가 찍은 거거든. 이따가 문자 꼭 확인해야 해! 꼬오옥."

아이가 등교 준비를 마치고 신발을 신으며 했던 말을 까맣게 잊고 오후가 됐을 때, 드드득 세 개의 문자 메시지가 연속으로 들어왔다. 나뭇가지 사이로 보이는 솜사탕 구름. 우뚝 솟은 아파트 건물 사이로 남회색과 주황의 그라데이션을 만들어낸 노을. 소용돌이치는 구름과 장밋빛 노을이 뒤섞인 오묘한 빛깔의 하늘. 모두 아이가 학교와 학원과 놀이터를 오가며 찍은 사진이었다. 아이는 가끔 걸음을 멈춰 하늘을 올려다보았던 모양이다. 그러다 엄마 생각이 났겠지. 지금 아니면 안 된다고 그렇게 말해도 맨날 "잠깐만" "조금 이따가" "나중에"라는 말을 반복하며 바쁜 척만 하는 엄마가.

"내가 아는 어느 별에 얼굴이 시뻘건 어른이 살고 있었어.

그는 꽃향기를 맡아본 일도 없고, 별을 본 일도 없고,

누구를 사랑해본 적도 없어.

그가 하는 것이라고는 계산하는 일뿐이야.

그래서 하루 종일 아저씨처럼 '나는 중요한 일을 하는 사람이야! 나는 중요한 사람이야!'라고 중얼거려.

그래서 교만으로 가득 차 있지. 하지만 그는 사람이 아니야. 그는 버섯이야!"

어린 왕자가 만난 어른들은 모두 이상했다. 그들은 숫자만 좋아해서 아이의 친구들이 놀러 오면 숫자로 답할 수 있는 질문만 했다. 몇 살이지? 형제는 몇 명이지? 아버지 수입은 얼마지(옛날이나 지금이나 어른들은 어찌나 똑같은지)? 그들은 허영심도 대단해서 언제나 가장 잘생기고, 가장 옷을 잘 입고, 가장 부자이고, 가장 똑똑하기를 바랐다(언제 들켰을까). 그들에게는 공통점이 하나 있었다. 자신이 있는 곳에서는 언제나 만족하지 못한다는 것. 그러면서도 자신이 원하는 것을 정확히 모른다는 것.

이상한 어른들에게 어린 왕자는 말한다.

"자기가 무얼 찾고 있는지 아는 건 아이들밖에 없어요.

아이들은 누더기 같은 인형을 찾느라 많은 시간을 보내기도 해요.

그렇게 찾은 인형은 아주 소중한 것이 되지요.

그러니 누가 그걸 빼앗으려 한다면 결국 울음을 터뜨리는 거고……."

아이들은 그래서 어른보다 행복하다. 나를 기쁘게 하는 아름답고 경이로운 것들을 보고 즐기는 것을 바쁘다고 미루지 않는다. 그뿐만 아니라 아이들은 자신이 찾은 행복을 사랑하는 사람과 함께 누리려고 애쓴다. 왜일까. 아마도…… 그들은 중요한 임무 수행 중이기 때문인 것 같다. 어른들이 버섯이 되는 저주(저 위에서 말한 "그는 사람이 아니야. 버섯이야"를 기억해주시라)를 막아야 하는 임무. 그것을 해낼 수 있는 사람은 어린이뿐이라는 걸 아이들은 알고 있는 게 분명하다.

부디 어른들이 잊지 말아야 할 텐데. 어린이에게 빚을 지고 있다는 사실을. 그런데 걱정이다. 어른들이 제일 잘 하는 게 바로 깜빡깜빡하는 거 아닌가. 그런데 그마저도 걱정하지 말라는 듯 『어린 왕자』에는 이런 말이 나온다.

"하지만 어른들을 나쁘게 생각해서는 안 된다.
아이들은 어른들을 너그럽게 대해야 한다."

어른들이란 참 알 수 없다고 생각하면서도 아이들은 여

기저기에서 행복을 잃어버린 채 쓸쓸한 얼굴을 하고 사는 어른들을 좀 불쌍하게 생각하는 것 같다. 그래도 너그러운 어린이 덕에 버섯이 되는 저주를 피해 오늘 하루도 무사할 수 있다면, 오늘은 꼭 놓치지 않으리라. 어린 왕자가 하루에 마흔세 번이나 보고 싶었던 해 지는 풍경을. 한지에 물감이 번지듯 노을의 풍경이 마음에 물들 때 아이의 작고 따뜻한 손을 잡을 수 있다면, 그 순간만큼은 나는 세상에서 가장 행복한 어른일 것이다.

톰 소여와 허크 그리고
어린이 해방군 총사령관

　　늦은 밤, 무진학원에 다니는 초등학교 3학년 김민지가 햄버거를 먹으며 문제집을 풀고 있었다. 자세히 들여다보니 김민지 어린이가 풀고 있는 문제집은 삼차방정식을 다룬 고등학교 1학년 수학 문제집이었다. 더 놀라운 건 김민지 어린이가 다니는 무진학원에는 '자물쇠 반'이라는 게 있다는 사실이었다. 학원이 끝나는 밤 열 시까지 아이들은 '자물쇠 반'에서 공부만 해야 했다. 화장실에 가는 것조차 마음대로 할 수 없었다. 드라마 〈이상한 변호사 우영우〉에서 이 장면을 봤을 때 누워 있던 나는 몸을 일으켜 자세를 고쳐 앉았다. 마침 우리 집 어린이가 3학년이었기에 더 눈을 뗄 수가 없었다.

아이가 1학년 때 소위 '학군지'라는 곳에 잠시 살았던 적이 있다. 1학년인데도 학교가 끝나고 다섯 군데의 학원에 다니는 친구의 이야기를 아이에게 전해 들었을 때 말로만 듣던 대한민국의 교육열을 처음 실감했다. 등에 멘 책가방 하나에도 휘청이는 고작 여덟 살 아이들이 놀이터에서 30분 이상을 놀지 못한 채 각자의 스케줄에 맞춰 헤어졌다. 그 동네의 이름난 영어 수학 학원들은 돈만 준다고 다닐 수 있는 곳도 아니었다. 일정 수준이 되지 않으면 학원에 등록할 수 없어서 레벨 테스트를 보는 게 일반적이었고, 그 '레테'를 위해 과외를 하는 경우도 흔했다.

아직 한참 자라야 할 나이에 아이들이 학원 스케줄을 소화하느라 컵라면과 햄버거로 끼니를 때운다는 이야기야 익히 들어 알고 있었지만, 초등학교 저학년 때부터 그렇게 많은 아이가 먼 미래를 향해 달리고 있는 줄은 게으른 엄마는 미처 몰랐던 사실이었다. 그러니 드라마 속의 초등학교 3학년이 고등학교 문제집을 풀어야 하는 현실은 더 믿기가 어려웠다.

내 의심은 얼마 가지 못했다. 드라마가 방영된 며칠 뒤였나. 한 온라인 커뮤니티에서 강남권 선행 학원에 다니는 초등학교 5학년이나 6학년이 미적분을 배우는 게 현실이라는 이야기들이 올라왔다. 특목고와 과학고를 목표로 강도 높은 선행 학습을 하는 초등학생들이 적지 않았다. 드라마는 초등 교육의 단면을 결코 과장하거나 상상한 것이 아니었다.

대한민국의 교육 현실이 이렇다 보니, 교육에 대한 원대한 플랜이 없는 나 같은 엄마도 아이가 초등 저학년을 벗어나 3학년쯤 되니 슬슬 불안이 몰려오기 시작했다. 여기저기서 들려오는 '초3'에 관한 정의들을 듣고 있으면 더욱 그랬다. "공부 자존감은 초3에 완성된다" "초3보다 중요한 학년은 없다" "초3 공부가 고3까지 간다" 전문가들이 괜히 이런 제목의 책을 낼 리 없다는 듯, 때마침 본 "초등학교 3학년의 학급 성적이 미래의 직장 급여를 결정한다"는 연구 결과까지 가슴을 압박한다.

이렇게 있으면 안 되는 거 아닐까. 뭐라도 더 알아보고 시켜야 하는 게 아닐까. 어쩌다 부지런하고 똑똑한 엄마들과 이야기를 나눌 때는 귀가 코끼리처럼 커져서 이리 팔랑 저리 팔랑거린다.

"거기 학원이 좋대요. 같은 라인에 사는 어떤 엄마가 강추한다고 하더라고요. 네 시간 동안 수업받고 숙제까지 싹 다 하고 오게 한다고 소문이 났다면서. ○○이도 이제 거기 다니기로 했대요."

"대치동에서 유명하다던 그 수학 학원 생긴 거 아시죠? 레테 무료 이벤트로 진행한다는데 같이 가요."

다들 본격적으로 달릴 준비를 하거나 이미 달리고 있다. 이제 제 학년 수학 심화 문제집을 거의 다 풀어가는 아이와 달리, 이미 3학년 과정을 마치고 4학년 심화 과정을 달리고 있는 아이의 엄마에게 빠르다고 칭찬을 하니 돌아온 대답은 정신이 번쩍 들게 한다.

　　"아휴, 우리끼리나 그렇죠. 일이 년 선행하는 게 보통인데요, 뭐."

　　그날그날의 육아만으로 벅차하는 나는 이런저런 정보들이 들려올 때마다 휘청거린다. 더 부지런한 엄마가 되어야 하는 게 아닐까, 아이의 미래를 멀리 내다보고 더 촘촘한 계획과 추진력으로 아이를 이끌어야 하는 건 아닐까, 하고 마음이 조급해진다. 그런데 이상하다. 그런 생각을 할 때마다 마음 한편에서는 엉뚱하게도 자꾸 그 친구가 생각나는 거다. 톰 소여의 동네 친구 허크. 집도 없고, 자신을 통제하고 간섭할 부모도 없는 소년 허크 말이다.

　　허크는 어느 날 톰과 함께 보물을 찾고, 같은 동네에 사는 더글러스 부인을 악당으로부터 구해준 다음 새로운 인생을 살게 된다. 허크의 은혜를 갚기 위해 기꺼이 후견인이 된 더글러스 부인은 허크를 데려다 자신의 집에서 보살핀다. 통나무 집에서 자고, 먹고 싶을 때 먹고, 놀고 싶을 때 놀며 자유롭게 살던 허크는 처음 문명의 세계에 진입하고는 당황한다. 음식을 먹을 때마다 나이프와 포크를 사용해야 하는 것도, 얼룩 한 점 없는 깨끗한 시트에서 잠을 자는 것도, 책 읽기를 배우는 일도 허크에겐 너무나 고통스럽다. 괴로운 생활을 무려 3주나 버티던 허크는 어느 날 결국 사라졌다가 톰에게 나타나 이렇게 고백한다.

> "톰, 나도 나름대로 노력해봤어. (……) 나하고는 맞지 않아. 더글러스 아주머니는 마음씨도 좋고 잘 대해주시지만 더 이상 견딜 수가 없다고. (……) 젠장, 얼마나 좋은 옷인지 모르겠지만 입고 있으면 제대로 앉지도 못하고 눕지도 못하고 구르지도 못한단 말이야. 그리고 지하실 창고 문 앞에서 미끄럼을 타본 게 언제인지도 모르겠어. 또 만날 교회에 가서 진땀을 뻘뻘 흘려야 한다고. 난 설교라면 딱 질색이야! (……) 그리고 일요일마다 구두를 신어야 해. 아주머니는 땡 치면 밥을 먹고, 땡 쳐야 잠자고, 땡 하면 일어난다고. 모든 게 너무나 규칙적이야. 난 도저히 참을 수가 없어!"
> ― 마크 트웨인, 『톰 소여의 모험』

엄마가 돌아가신 뒤 이모네 집에서 지내며 이미 문명(?)의 세계에 나름대로(말썽을 피고 모험을 일삼으며) 적응한 톰은 허크에게 어른스럽게 말한다. 다들 그렇게 산다고. 그러나 절친인 톰의 말에도 허크는 좀처럼 진정하지 못한다.

"톰, 그래도 상관없어. 난 나고 그 사람들은 그 사람들이야. 어쨌든 난 더 이상 못 참아. 그렇게 얽매여 사는 게 얼마나 끔찍한지 몰라."

톰은 참고 견디다 보면 너도 이런 생활을 좋아하게 될 거라고 계속 허크를 달래지만 소용이 없다.

"좋아하게 된다고? 야, 그건 뜨거운 난로 위에 오래 앉아 있으면 난로를 좋아하게 된다는 말이랑 똑같아."

『톰 소여의 모험』을 읽으며 아이는 이런 장면들을 만날 때마다 무척 공감하며 후련해했다. 140여 년이 넘도록 마크 트웨인의 이 책이 한 번도 절판된 적이 없는 이유를 알 것 같았다. 함께 사는 어린이의 입장이 되어 다시 읽어보니 예전에 몰랐던 어린이의 고충이 새삼 눈에 들어온다. 낚시하러 가는 것도 허락을 받아야 하고 수영하러 갈 때도 허락을 받아야 한다며 "젠장"을 외치고, 학교에 가는 걸 상상하는 것만으로도 고통스러워하던 허크의 마음은, 학교 갈 때는 빼

빼 말랐다가 방학이 되어서야 살이 오르던 내 어린 시절의 마음과도 다르지 않았다. 도대체 학교에는 왜 가야 하는 거지? 왜 공부를 열심히 해야 하는 거지? 그런 생각을 한 번도 하지 않고 어른이 된 어린이가 있을까.

"엄마는 좋겠다. 집에 있어서."
매주 찾아오는 월요일에 출근하지 않는 프리랜서 엄마를 부러워하면서도 큰 투정 없이 가방을 메고 집을 나서 학교를 향해 걸어가는 아이를 볼 때 가끔 그런 생각이 든다. 저 가방에 어른들이 지운 짐도 들어 있겠지. 왜 이래야 하는지 이해할 수 없으면서도 어른의 말이니 믿고 현실에 적응하며 묵묵히 짐을 지고 걸어가는 어린이를 생각할 때마다 어른으로서 한없이 미안해진다. 먼 훗날 아이들은 어른들이 선택한 것들을 고마워할까.

"평균적인 대치동 아이들은 초등생 때 수능 외국어를 끝내고, 중학교 때 고교 수학에 올인하고, 고등학교 때는 완전히 수시 학종과 내신과 EBS에 대비한다."
대치동의 한 학원에서 배포했다는 전단지에 쓰인 말을 무심히 지나칠 수 없는 게 이 땅 학부모의 현실이다.
"어린이는 지금 당장 놀아야 합니다. 나중엔 늦습니다. 대학에 간 후, 취업을 한 후, 결혼을 한 후에는 너무 늦습니다."

드라마 〈이상한 변호사 우영우〉에서 공부에 매여 놀지 못하는 아이들을 버스에 태워 산으로 데려가 고구마를 구워주고 보물찾기를 했다는 이유로 법정에 선 자칭 어린이 해방군 총사령관 방구뽕의 말도 엄마로서는 외면하기가 힘들다.

너무 다른 말들과 입장 사이에서 갈등할 때마다 답을 알 수 없는 고민만 깊어진다. 그런 엄마의 마음을 아는지 모르는지 아이는 오늘 아침에도 다른 날처럼 군말 없이 가방을 메고 집을 나섰다. 잠시 후 창문을 열고 내려다보니 아이의 뒷모습이 눈에 들어왔다. 다행히 발걸음이 무겁지 않다. 그 모습이 어쩐지 위로가 되면서도 오늘따라 마음이 왜 그렇게 짠한지, 나는 찬바람을 맞으면서도 한동안 창문을 닫지 못했다.

내가 사랑하는
피너츠 친구들

언제부터였는지 모르겠다. 『피너츠』 주인공들을 사랑하게 된 게. 강아지만 보면 심장이 팔랑거리는 유전자를 갖고 태어났으니, 발랄하고 창의적인 만능 엔터테이너 강아지 스누피를 사랑하게 된 건 필연인 것 같고. 그의 반려인인 불운과 절망의 아이콘 찰리 브라운부터 까칠한 허세 여왕 루시, 베토벤을 사랑하는 진지하고 재미있는 예술가 슈뢰더, 아기처럼 담요를 가지고 다니지만 누구보다 똑똑하고 배려심 깊은 라이너스까지, 누구 하나 빠짐없이 사랑할 수밖에 없는 이유를 굳이 설명하자면 이렇다. 일단 그 부드러운 선이 좋다. 동그란 얼굴, 단춧구멍 같은 까만 눈, 원이 되려다만 코, 통통하고 오종종한 손과 발은 물론 심지어 머리카락

한 올까지도 곡선인 둥근 선들을 보고 있으면 모난 마음까지 덩달아 동글동글해진다. 단순함의 미덕은 두말하면 입이 아프다. 쓱쓱 몇 개의 선으로 이루어진 캐릭터 안에 어떻게 기쁨과 슬픔, 고독과 아픔까지 다 담길 수 있는지 볼 때마다 신기하다. 미니멀리스트의 삶을 꿈꾸지만 않았다면, 눈사람도 아닌데 군말 없이 굴러가며 키득키득 소리를 낼 것 같은 이 귀여운 캐릭터들을 사는 데 나는 분명 재산을 탕진했을 것이다. 그럼에도 언젠가는 참을 수 없어 스누피 머그컵을 사 들고 와버렸지만. 그 컵은 이제 우리 집 어린이도 아는 엄마의 보물 1호다.

그러니 그 날은 운이 무척 좋은 날이었다. 동네에 있는 작은 도서관에 갔다가 『피너츠』의 캐릭터별로 주요 에피소드가 수록된 단행본을 무려 세 권(『찰리 브라운, 걱정이 없으면 걱정이 없겠네』『스누피, 나도 내가 참 좋은걸』『루시, 그래 인생의 주인공은 나야』)이나 발견한 것이다. 정열적인 스누피는 빨간색 표지로, 걱정 많은 찰리 브라운은 노란색 표지로, 도도하고 심술궂은 루시는 파란색 표지로 단장을 한 채 나를 보며 이렇게 말하고 있었다. 어서 우리를 데려가! 가벼운 발걸음으로 세 권을 몽땅 빌려 집에 돌아오자마자 "와, 스누피다. 귀여워" 하고 달려온 우리 집 어린이한테 선수를 빼앗기는 바람에 분했지만, 나의 최애 캐릭터들 못지않게 동그란 몸과 얼굴의 소유자인지라 양보할 수밖에 없었다. 사실 좀 궁금하기도 했다. 1950년부터 50년 동안 연재된 찰스 슐츠의 만화를 2013년생인 아이도 좋아할 것인가. 결과는 역시나 그 엄마의 그 아들.『피너츠』는 역시 세대를 가리지 않는 명작이었다. 우리는 곧 즐거운 수다를 떨었다.

"엄마는 어떤 캐릭터가 제일 좋아?"

"아, 고르기 어려워. 맨날 잘 안 풀리는 찰리 브라운도 안쓰럽고. 루시도 까칠한데 웃겨. 그래도 귀엽기로는 스누피가 최고지. 스누피가 개집 지붕 위에서 낮잠 잘 때, 너 걔 배 봤어? 등은 평평한데 배만 볼록 나온 거. 그 배는 정말 사랑하지 않을 수 없어."

"그치, 인정 인정! 그럼, 엄마는 이 중에서 누구를 제일 닮은 것 같아?"

"나? 글쎄…… 아마도…… 찰리 브라운?"

어딘가 소심하고, 걱정이 많고, 가끔 우울 모드에 빠지는 게 어쩐지 나 같아서 이렇게 답을 했더니, 아이가 너무나 자신 있게 말했다.

"엄마는, 루시 닮았어."

루시? 루시라고? 루시는, 지구가 1년에 한 번 태양 주위를 돈다는 라이너스의 얘기를 듣고 너무나 진지하게 믿을 수 없다는 눈빛으로 이렇게 말했던 친구 아닌가.

"진짜?

내 주위를 도는 줄 알았는데!"

— 찰스 M. 슐츠, 『루시, 그래 인생의 주인공은 나야』

이러니, 나랑 루시는 전혀 매치가 되지 않는다고 주장해 본다. 물론 나도 루시처럼, 내가 정말 잘난 게 아닐까 믿어 의심치 않던 어린 시절이 있었지만, 지금의 내 나이는 그런 환상을 150번은 깨고도 남을 나이 아닌가. 도대체, 어디가, 어느 구석이 루시랑 닮았다는 거지.

"음…… 엄마는, 사나워!"

말을 잇지 못한 채 질문을 던졌다.

"그럼, 너는 누구 닮았는데?"

"나? 나는 찰리 브라운."

이것도 의외다. 찰리 브라운은 좋아하는 빨간 머리 소녀에게 말을 거는 게 세상에서 가장 어려운 일일 정도로 소심하고, 자기를 별 볼일 없는 아이라고 생각하고, 나쁜 하루를 보낼 거라는 예감에 배가 아프기도 한 친구다. 반면에 아이는 목소리가 큰 만큼 웃음소리도 크고, 자기표현도 확실한 편이다. 도대체 어디가 닮았다는 거니.

"운이 나쁜 게 나랑 닮았어. 나도 그런 날이 있어. 엄마한테 아침에 혼나거나 뭐 그럴 때, '오늘 운이 나쁘겠구나' 생각하면 그날 꼭 재수 없는 일이 생기더라고.”

“몰랐네. 그런데 찰리 브라운은 좀 소심하잖아. 네가 소심해?”

“어. 나 소심해.”

“에? 엄마가 보기엔 아닌 것 같은데. 너 좀 자신만만, 나 잘났다 이런 스타일 아니야?”

“아냐. 난 왜 이것밖에 못하지. 나 왜 이렇게 못났지. 이런 생각 진짜 많이 해.”

“그것도 몰랐네. 엄마는 네가 루시 같다고 생각했는데. 지구가 내 주위를 돈다고 생각하는 스타일. 너희들 나이 땐 그런 구석이 다 있거든. 엄마도 어렸을 때 그랬고.”

“루시 같을 때도 있긴 하네. 찰리 브라운 같을 때도 있고. 그럼 반반인가?”

“너, 스누피도 닮았어. 엉뚱한 거. 책에서 그거 기억나? 종일 개집에 앉아 있어서 지루하지 않냐고 물어보니까 스누피가 했던 말.”

“자기는 지금 우주선 타고 날고 있는데 어떻게 지루할 수가 있냐고 했지.”

“너도 똑같아. 지루할 새 없이 놀고 상상하잖아.”

“엄마도 스누피 닮았어.”

“내가 개를 닮았다는 거냐?”

"(웃다가) 글쓰기를 좋아하고 웃는 게 순둥순둥 스누피 닮았어(언제는 사납다더니)."

우리는 몇 가지 얼굴을 갖고 사는 걸까. 아이에게 찰리 브라운의 얼굴이 있다는 것은 오늘 처음 알았다. 나를 대표하는 이미지가 '사나운 루시'인 것도. 생각해보니 부인할 수 없는 내 모습이다. 반면에 툭하면 의기소침해져서 침대로 가 이불을 목까지 끌어 올리는 모습은 찰리 브라운 같기도 하다. 잔나비 밴드의 신나는 음악이 나올 때면 아무렇게나 까불면서 춤을 추는 나와 아이는 스누피에 가까울 것이다.

우리가 다양한 얼굴을 갖고 있다는 것은, 다르게 말하면 어떤 사람에게는 보여주지 못한 얼굴들이 있다는 뜻도 될 거다. 어떤 얼굴들은 조금 외로운 표정을 하고 기다리고 있을지 모르겠다. 누군가 알아봐주고 이해해줄 어떤 날을. 영원히 보이고 싶지 않은 얼굴들도 있을 수 있겠지. 그런 생각을 하면 누군가를 안다고 또 이해한다고 말하는 것이 한없이 조심스러워진다. 언제나 우리가 보는 타인의 얼굴은 여러 얼굴 중 하나일 뿐이다.

찰스 슐츠는 무려 50년 동안 『피너츠』 연재를 했다. 아침에 일어나면 아이디어를 구상하고 점심을 먹고 서너 시간

작업을 하는 일상을 오랜 시간 성실하게 이어갔다. 사람들은 그가 찰리 브라운처럼 소심하고 눈에 띄지 않는 성격일 거라고 쉽게 상상했다. 주인공은 대체로 작가의 분신일 때가 많으니까. 그라고 해서 하나의 얼굴만 가지고 있었을까. 언젠가는 루시의 빈정거리는 성격 또한 자신의 일부라고 했고, 자신의 진지한 면은 라이너스라는 말도 했지만, 사람들은 타인에게 하나의 고정된 이미지를 씌우는 걸 좋아한다. 그가 2000년에 고인이 된 후에도 그랬다. "찰스 슐츠가 바로 찰리 브라운"이라며 그의 단편적인 모습으로만 전기를 쓴 사람이 있었다. 그 사실을 알게 된 유족들이 화가 나서 그에게 엄청 뭐라고 했단다. 자세한 내용까지야 모르지만, 그 얘기를 듣고 내가 상상한 말은 이런 거였다.

"인간이 그렇게 한 겹이야?"

좋아하는 드라마의 대사이기도 한 그 말은 내게도 필요한 말이다. '그런 사람 좀 알지' 오만이 기승을 부리려고 할 때, '어떻게 나한테 그럴 수가 있냐' 원망이 이해보다 앞서 나갈 때 그 말을 퍼뜩 떠올릴 수 있다면 인간이 인간에게 저지를 수 있는 실수를 한 번은 줄일 수 있을 테니. 내가 알고 있는 타인의 면면이 얼마나 가볍고 얇은 것인가를 기억하면 조금은 겸손해진다. 그걸 깨달을 때의 우리가 찰리 브라운처럼 뻘쭘한 표정을 지어도 조금은 귀엽게 느껴졌으면 좋겠다.

인생을 즐기기에
딱 좋은 나이 feat. 삐삐

"엄마, 엄마는 가장 행복했던 시절이 언제야?"

"글쎄, 그건 갑자기 왜?"

"아, '틴 타이탄 GO(10대 히어로들의 일상을 그린 애니메이션 시리즈)'에서 로빈이 죽어서 저승에 갔더니 저승사자가 물었거든. 가장 행복했던 시절이 언제냐고. 그걸 선택하면 그 모습 그대로 쭉 저승에서 사는 거야."

아이가 말한 것과 비슷한 장면을 본 적이 있다. 영화 〈원더풀 라이프〉에도 세상을 떠난 사람들이 길모퉁이 사진관에 들러 인생에서 가장 소중한 기억 하나를 안고 하늘로 올라가기 위해 인터뷰하는 장면이 나온다. 디즈니랜드에서 놀던 어떤 날, 친할머니 댁의 눈밭에서 보던 고요한 풍경, 이루어질 수 없었던 약혼자와 벤치에 앉아 있던 모습. 생의 가장 반짝이는 순간을 찾아 기억을 되짚어보는 사람들의 모습을 떠올리면서도 마땅한 답을 찾지 못한 채 아이에게 물었다.

"그래? 로빈은 뭐라고 대답했어?"

"죽기 직전."

"그게 언젠데?"

"사춘기. 열두 살인가, 열세 살인가 암튼 그랬어."

"그럼, 너는? 너는 언제가 가장 행복한 시절인 것 같아?"

"나는 열 살. 지금이 딱 좋아."

아이의 대답을 듣자마자 번뜩 한 사람이 떠올랐다.

"나 너랑 똑같이 대답한 사람 안다."

"진짜야? 그게 누군데?"

"삐삐. 너도 알지? 원래 이름은 무지 긴 삐삐로타 어쩌고 저쩌고 롱스타킹인데, 다들 애칭으로 삐삐라 불러. 암튼, 삐삐도 그런 말을 한 적 있어."

"그래. 시간이 흐르고 우리는 나이를 먹지. 올가을이면 난 딱 열 살이 돼. 인생에서 가장 좋은 시절을 맞게 되는 셈이야."
― 아스트리드 린드그렌, 『꼬마 백만장자 삐삐』

삐삐~ 삐삐 삐삐~♬ 삐삐를 부르는 산울림 소리~♪

삐삐와 비슷한 나이였던 시절에, 나는 오후 다섯 시 반쯤이면 '삐삐'를 보기 위해 TV 앞에 앉았다. 삐삐로 일약 스타가 된 꼬마 배우 잉거 닐슨은 지금 생각해도 삐삐 캐릭터와 찰떡이었다. 작고 깡마른 몸매, 총총 땋아 죽 뻗은 갈래머리, 주근깨 잔뜩인 얼굴에 토끼 앞니가 매력적인 커다란 입매. 삐삐를 생각하면 지금도 자동으로 그 꼬마 배우가 연상된다. 그 시절 삐삐는 어린이들의 로망이었다. 어른들의 허리를 쥐어 잡고 번쩍 들어 공중으로 휙휙 날려버리는 무시무시한 힘. 날마다 금화 플렉스를 해도 절대 줄지 않는 재력. 깜찍한 원숭이에 듬직하고 멋있는 말. 삐삐는 엄마 아빠만 곁에 없을 뿐 다 가진 어린이처럼 보였다. 오늘은 어떻게 어른들을 골려줄까. 어떤 기상천외한 놀이를 할까. 무슨 말로 우리를 웃겨줄까. 삐삐를 기다릴 때면 언제나 삐삐의 사이다 같은 활약을 기대했다. 그런데 어른이 되어 '삐삐' 시리즈(『내 이름은 삐삐 롱스타킹』『꼬마 백만장자 삐삐』『삐삐는 어른이 되기 싫어』)를 읽어보니 이제는 삐삐의 힘과 기지가 돋보이는 활약보다는 다른 장면들이 더 눈에 들어온다.

　　그중 가장 사랑하는 대목은 이거다. 삐삐가 베란다에 멋진 한 상을 차려 놓고 친구들을 초대해 한참 놀다가, 햇볕을 쬐기 위해 다리를 쭉 뻗고 앉아 향기로운 정원을 내다보며 이렇게 말하는 장면.

"아, 살아 있다는 건 정말 멋져!"

다시 생각해도 큭 웃음이 나오는 또 다른 장면도 좋아한다. 장에 갈 때는 멋진 아가씨처럼 보여야 한다며 우스꽝스럽게 차려입고 눈썹은 새까맣게 칠하고 입술은 빨갛게 칠한 뒤 거울을 보며 삐삐는 이렇게 말한다.

"근사해."

웃음은 이어진다. 어리둥절한 토미(옆집에 사는 삐삐의 절친 남매 중 오빠)가 도대체 뭐가 근사하냐고 묻자 삐삐가 한 치의 망설임도 없이 한 말은 압권이다.

"내가!"

유머 넘치는 행복한 나르시시스트 삐삐를 보면 볼수록 어쩐지 이런 친구를 어디서 많이 본 것만 같은 기분이 든다. 그건 아마도 우리 주변 아이들이 삐삐를 닮았기 때문일 거다. 동네 산책을 하다 아이스크림 하나만 들고 돌아와도 "정말 오늘은 너무 행복해. 최고의 날이야!"를 외치고, 짝 맞는 양말을 못 찾아서 짝짝이로 신고는 "이거 좀 멋진데" 하며 만족스러운 웃음을 짓는 아이들 말이다. 우리 집 어린이가 삐삐처럼 '열 살'을 행복하기에 '딱 좋은 나이'라고 한 건 그러니 당연한 말이었다.

그런 어린이에게도 물리칠 수 없는 걱정이 하나 있긴 하다. 그건 바로 어른이 되는 일. 어린이들은 골치 아픈 대출

이자 얘기를 해야 하고(우리 집 어린이의 말), 이상한 옷을 입고 티눈이 생기고 재미없는 일만 해야 하는(삐삐의 말) 어른이 되고 싶지 않다. 그런 얘기를 들으면 한편으로 좀 미안해진다. 아이들에게 행복한 어른의 모습을 보여주지 못했다는 얘기니까. 아무튼, 그래서 삐삐는 친구 토미와 아니카와 함께 오래전 인디언 추장이 주었던 절대 어른이 되지 않는 약 '칠릴러그'를 먹는다. 완두콩을 꼭 닮은 그 마법의 약이 너무 오래돼서 과연 효험이 있을지 없을지 그건 잘 모르겠다. 삐삐의 이야기는 거기서, 그러니까 열 살에서 끝나니까. 하지만 한 가지는 확신할 수 있을 것 같다. 제대로 오늘을 살 줄 아는 삐삐는 백발의 할머니가 되어도 이렇게 말할 거라는 거.

"그래, 시간이 흐르고 우리는 나이를 먹지. 올가을이면 난 100살이 돼. 인생에서 가장 좋은 시절을 맞게 되는 셈이야."

가장 행복한 시절이 언제냐는 아이의 질문에 명쾌한 대답을 하지 못한 채 〈원더풀 라이프〉를 떠올리며 지난 시간을 뒤돌아보던 나는 뒤늦게 삐삐에게 힌트를 얻고는 이렇게 답하고 싶어졌다.

"가장 행복한 시절? 바로 지금이지!"

그 말을 삐삐가 듣는다면 토끼 같은 앞니를 드러내고 씨익 웃으며 이렇게 말해주지 않을까. "빙고!"

2장

이토록 작고
외롭고 빛나는
너의 말

반창고의
마법

삶이 아득해지는 순간이면 기원을 찾고 싶어진다. 우리는 누구이고 인간은 어디서부터 시작된 존재일까. 그것을 알면 정처 없는 인생의 방향을 정할 수 있을 것만 같은 생각이 든다. 오랜 역사 안에서 수많은 인간이 같은 질문을 던졌고 그 답을 알기 위해 노력해왔다. 인류 기원에 관한 여러 이야기 중에 나를 가장 설레게 하는 건 아무래도 천문학자 칼 세이건의 말이다.

"우리는 모두 별의 자녀다."

낭만적으로도 다가오는 칼 세이건의 말을 이해하려면 138억 년의 우주 역사를 거슬러 올라가야 한다. 우주의 시작은 상상을 초월하는 대폭발에서 비롯됐다. 이때 원자와

빛이 생겨났고 우주는 계속 팽창했다. 폭발하면서 생긴 물질은 은하의 구석구석을 떠돌다 태양의 중력에 이끌려 지구에 내려앉았다. 그것이 끊임없이 진화한 결과가 바로 생명이라는 이야기를 듣다 보면 슬슬 머리가 아프려고 한다. 날 때부터 문과 체질인 나를 사로잡는 설명은 초신성 폭발이니 핵융합 반응이니 하는 어려운 말보다 이런 것이다. 우리 몸을 구성하는 산소, 수소, 탄소 같은 원자 알갱이들 하나하나는 모두 별의 내부에서 합성되었다는 것. 다시 말해 우리는 별과 같은 물질로 이루어져 있다는 사실. 인간이란 존재가 거대한 우주 역사의 일부라고 생각하면 어쩐지 마음이 담대해진다. 불멸하는 원자의 특성을 생각하면 우리는 별에서 태어나 별이 되어 우주로 돌아간다고도 말할 수 있다. 그런 생각을 하면 생의 어떤 두려움들을 멀리서 들여다보게 된다. 그럼에도 아직 질문이 남는다. 질문은 과학에서 철학으로 넘어간다. 우리는 왜 태어난 것인가. 왜 태어나야만 했을까. 과학에 시달린 것도 모자라 철학에 시달려야 하나 스트레스가 밀려올 때면 동화적인 시선으로 다시 답을 찾아보는 것도 좋겠다.

　　사노 요코의 동화『태어난 아이』의 주인공은 태어나지 않은 아이다. 아이는 마치 '별의 자녀'처럼 별들 사이를 떠돌고 있다. 무표정한 얼굴로 아이가 떠다니는 우주에서는 어떤 고통도 느껴지지 않는다. 당연히 이리저리 떠돌다 별에 부딪혀도 아프지 않다. 태어나지 않았으므로 그 무엇도 의식할 수 없는 것이다. 빅뱅 이후에 우주를 떠돌던 물질이 중력에 이끌려 지구에 내려앉아 생명으로 진화한 것처럼, 아이도 어느 날 지구에 내려와 걷는다. 지구에 내려왔다고 달라진 건 없다. 태어나지 않았으므로 여전히 아이는 아무것도 느끼지 않는다. 사자를 만나도 두렵지 않고, 모기에게 물려도 아프지 않다. 고통이 어떤 자극도 주지 않는 것처럼, 할짝거리는 강아지의 부드러운 감촉이나 고소한 빵 냄새같이 삶의 소소한 기쁨 앞에서도 동요하지 않는다. 고통 없는 무의 상태에 자족한 표정으로 지구를 돌아다니는 아이의 발걸음을 멈추게 한 건 태어난 아이였다. 똑같이 강아지에게 물리고도 하나도 아프지 않은 태어나지 않은 아이와 달리, 태어난 아이는 너무 아파 울면서 엄마를 부른다. 금세 달려온 엄마는 아이를 집으로 데려가 깨끗이 씻긴 뒤 약을 발라주고 예쁜 반창고를 붙여준다. 그 모습을 창문 밖에서 물끄러미 바라보던 태어나지 않은 아이는 처음으로 입을 열어 소리친다.

"반, 창, 고…… 반, 창, 고!"

태어나지 않아서 무서움도, 아픔도, 간지러움도, 반가움도, 기쁨도 느끼지 않던 아이는 드디어 태어난다. 반창고가 붙이고 싶어서.

　이 그림책을 처음 읽었을 때 아이의 네 살 때가 생각나 마음이 울컥했다. 그날 아이는 집 앞 육교의 콘크리트 바닥에 넘어져 무릎이 심하게 까졌다. 그전에도 몇 번이나 넘어졌지만, 이 정도로 다친 적은 없었다. 무릎의 살갗이 3분의 1이나 벗겨졌다. 아이는 처음 겪는 쓰라린 통증과 철철 나는 피를 보고는 기겁해 울기 시작했다. 아이를 집으로 데려와 씻긴 뒤 소독을 하려고 내 앞에 앉혔다. 많이 쓰라릴 텐데 어쩌나, 아이의 무릎을 안쓰러운 마음으로 바라보며 호~ 하고 무릎에 바람을 불어줄 때였다.
　"엄마, 사랑해."
　격렬한 울음 속에서 툭 터져 나온 아이의 고백. 경황이 없던 나는 그저 "엄마도 사랑해" 하고는 아이의 무릎을 소독하고 연고를 발라주었다. 큼직한 반창고까지 붙여주자 아이의 울음이 잦아들었다. 한숨을 돌리며 아이에게 물었다.
　"그런데 왜 울다가 갑자기 엄마한테 사랑한다고 말했어?"
　아이는 속눈썹에 눈물이 맺힌 채로 말했다.
　"모르겠어. 그냥 나왔어."

알 것도 모를 것도 같은 아이의 마음을 『태어난 아이』를 보며 다시 들여다보게 되었다.

태어나지 않은 아이는 아무 고통도 느끼지 않는 평안의 상태에 있었다. 그 상태를 포기하는 일은 얼핏 무모해 보인다. 태어나 자아를 갖고 감각을 의식하며 온갖 감정에 휘둘리는 삶은 지금과는 다른 격랑 속에 놓일 테니. 무의 고요와 평안을 깨고 얻을 것이 과연 무엇이란 말인가. 세계는 낯설고 위협적이고 통제 불가능하며 인간은 유약하다. 사는 내내 고통이 따르는 건 필연이다. 태어나지 않은 아이는 굳이 그 고통을 겪고 싶지 않았을 것이다. 그러나 쓰린 상처를 감싸는 반창고를 보는 순간 이야기는 달라진다. 고통을 무화시키는 저 강력한 것은 무엇인가. 알고 싶고 갖고 싶은 욕망이, 태어나지 않은 아이를 태어나게 했을 거라고 나는 생각한다.

나의 아이가 넘어져 쓰린 상처를 보며 자지러지게 울던 그날, 어떤 말을 하고 싶었던 건지 이제 조금은 알 것 같다. 아마도 이런 말이었겠지. 아프지만, 너무 아프지만, 그래도 괜찮아요. 내 상처에 반창고를 붙여줄 당신이 있으니 괜찮아요. 그러고는 고통과 감동이 함께 휘몰아치는 감정의 세계에서 흔들리지 않기 위해서, 자신을 지키기 위해서, 태어난 이유를 단단하게 붙잡기 위해서 울면서도 내게 사랑한다는 말을 전한 것이었다.

　　세상에 태어난 지 얼마 되지 않았을 때 아이의 발바닥
은 꽃잎처럼 보드라웠다. 티끌 하나 상처 하나 없던 아이의
발바닥은 이제 제법 컸다고 굳은살도 보인다. 지구에서 땅
을 디디며 사는 인간의 훈장 같은 것이 벌써 아이에게 생겼
구나. 아이의 발을 가만히 바라보는데 아이가 아무렇지 않
은 듯 내게 말했다.

　　"태권도인이 되려면 예쁜 발을 포기해야 한대."

　　아이의 말은 삶에서 무언가를 얻기 위해서라면 누구나
내어줘야 하는 것이 있다는 말로 다가온다. 태어나지 않은
아이가 평안과 고요를 내어주고 삶의 격랑에 뛰어들어 고통
속에서 마침내 반창고를 얻은 것처럼. 그런 생각을 하자니
궁금해진다. 아이는 태어나길 잘했다고 생각할까. 어려운 질
문을 아이에게 슬쩍 던졌다.

　　"너는 태어나길 잘한 것 같아?"

　　"응."

　　"왜?"

　　"이렇게 엄마를 만나서 호강하니까."

　　"호강이(괜히 찔린다) 뭔데?"

　　"엄마가 친절하고 나한테 잘해주는 거."

"언제는 엄마가 자꾸 화내서 싫다며. 그리고 너, 오늘도 힘들다는 얘기 많이 한 거 알아? 공부하는 것도 학원 가는 것도 피곤하고 어쩌고 하면서. 태어나지 않았으면 힘들지도 않고 속상한 일도 없었을 거 아니야."

"아이참, 엄마는 좀 힘들어도 사랑하는 사람이랑 있는 게 좋아? 아니면 안 아프고 혼자 있는 게 좋아? 당연히 좀 아프고 힘들어도 사랑하는 사람이랑 있는 게 좋지?"

"아하!"

자신보다 오래 살고도 모르는 게 많은 엄마를 아이는 부드럽게 타박한다.

"아휴, 엄마, 그거는 일곱 살 동생도 유치원생도 다 아는 거야. 이제 질문 끝!"

고상한 척 우주가 인류가 어쩌고 떠드는 엄마의 복잡한 머릿속을 한 번에 정리하는 별에서 온 어린이. 그의 말에 동의한다. 정말이지, 태어나길 참 잘했다.

그냥
마음껏 날아

"내가 1등이다!"

총총 뛰어 어린이집 셔틀버스 정류장에 도착한 꼬마가 두 팔을 들어 올리며 당차게 외쳤다. 꼬마의 세리머니를 방해하지 않기 위해 살짝 비켜서 건널목을 향해 걷는데, 이번에는 맞은편에서 아홉 살쯤 되어 보이는 아이가 전속력으로 뛰어왔다. 길을 다 건넌 아이는 마치 터치패드를 찍는 것처럼 보도블록에 두 발을 가볍게 올리자마자 아까 그 꼬마와 약속이나 한 듯 똑같은 말을 했다.

"오늘도 내가 1등!"

난 대단해. 내가 자랑스러워. 내가 여기 있어.

짜릿한 환희의 순간을 조용한 미소로 바라보다가, 물살

을 가르는 한 소녀가 했던 말이 떠올라 걸음을 멈췄다.

"시합은 이기려고 하는 거잖아요.

저는 이기고 싶어요."

— 은소홀, 「5번 레인」

아이들은 언제나 이기고 싶다. 승리의 순간은 언제나 작은 존재를 환하게 비추니까.

『5번 레인』은 아이들의 반짝이고 싶은 욕망을 담은 책이다. 열세 살 나루는 한강 초등학교 수영부의 에이스다. 언니가 동화 속 인어 공주처럼 수영하는 모습을 처음 본 여섯 살 때부터 수영을 배웠다. 운동선수인 엄마 아빠의 딸답게 실력도 금방금방 늘어 각종 대회에서 메달도 많이 땄다. 축하와 부러움의 눈길이 쏟아지는 자리에 자주 서던 나루의 자세가 흐트러지기 시작한 건 라이벌 김초희가 나타나면서부터다. 연거푸 초희에게 1위 자리를 뺏기자 나루는 좀처럼 자신에게 집중하지 못한다. 자꾸 화가 나는 자신의 마음을 들여다보는 일도, 초희의 발전한 실력을 인정하는 일도 다 너무 어려웠다. 또 한 번 초희에게 지던 날, 홀로 탈의실에 남아있던 나루는 우승하지 못한 변명거리를 하나 찾아낸다. 평소 초희가 '행운의 부적'이라고 말하던 수영복. 초희가 속도를 올릴 때마다 유난히 반짝이던 어딘가 의심스러운 수영복을 자신도 모르게 집어 든 순간, 나루는 그것을 훔친다. 처음부터 그럴 생각이 있었던 건 아니다. 자꾸 지니까 화가 난 마음에, 어쩌면 저 수영복만 없으면 이길 수 있지 않을까 생각을 하긴 했지만, 그저 생각뿐이었다. 그때 갑자기 아이들이 들어오는 소리가 들렸고, 혹여 오해를 받을까 봐 당황한 나루는 초희의 수영복을 자신의 가방 안에 넣고 나와버렸다.

나루의 마음을 이해할 수 있다. 이기고 싶은 마음이 몸을 앞서 나가던 순간이 우리에게도 있었으니까. 균형을 잃은 그 순간, 아이들은 어떻게 다시 나만의 중심을 잡아나갈까.

영어 학원을 다녀온 아이가 오늘은 한 개 틀렸다고 테스트 결과를 알려주며 한 가지 고백을 했다.

"있지, 사실은 엄마, 처음엔 다 맞았어. 원어민 선생님이 다 맞았다고 A++ 주셨거든."

"그런데 왜 한 개 틀렸다고 말했어?"

"그게, 헷갈린 단어가 하나 있었어. environment. 그거 좀 어렵잖아. 시험 끝나자마자 책 찾아봤는데, 'i'를 빼먹었더라고."

"아, 그런데 선생님이 맞다고 하신 거야?"

"응. 다 맞았다고 스티커도 주셨지. 그래서 잠깐 갈등했어. 그냥 가만히 있을까 했는데……."

"했는데?"

"아무래도 그건 아닌 것 같아서…… 'i'를 빼먹었다고 말씀드린 다음 받았던 스티커도 돌려드렸어."

가만히 있었다면, 아무 말도 하지 않았다면 100점짜리 시험지를 가질 수 있었다. 동그라미로 가득한 시험지를 들고 오면 엄마는 또 활짝 웃어줄 터였다. 잠깐 모른 척만 하면 되는 일이었지만, 그러고 싶은 마음도 있었지만, 아이는 그러지 않았다. 아니 그러지 못했다는 표현이 더 맞을 것 같다. 때묻지 않은 아이들은 자신의 몸과 마음에 불순한 무엇이 들어오는 것을 알아차리는 순간, 재빨리 그것들을 털어내고 싶어하니까. 나는 그것이 아이들이 가진 '자정 능력' 때문이라고 믿는다.

작년 언젠가, 아이는 몸과 마음의 컨디션이 좋지 않았다. 이제 막 시작한 사회생활에서 온 스트레스 때문이었다. 남보다 민감한 기질을 타고난 데다 부정적인 감정을 처리하는 능력이 아직 발달하지 않은 나이여서 아이는 주변의 사소한 자극에도 힘들어했다. 아이의 마음을 다독여주고 안정시키는 방법을 찾고 배우기 위해 한방신경정신과 선생님을 찾아가 상담을 받았다. 이런저런 검사 후, 정상적인 발달 과정에 있지만 일시적으로 불안도가 높아졌다는 결과를 받고 아로마 테라피(aroma therapy, 식물의 향과 약효를 이용해서 몸과 마음의 균형을 회복시키는 치료법) 치료를 받기로 했다. 아이가 직접 향을 맡아 고른 오일을 보고 선생님이 해준 말씀은 이랬다.

"정화 효능이 있는 오일을 골랐네요. 분노나 화, 스트레스…… 이런 것들을 내 안에서 내보내고 싶은 거죠. 아이도 그걸 품고 있는 게 힘든 거예요. 아이들은 깨끗해지고 싶은 마음이 강하니까요. 금방 좋아질 거예요. 걱정 안 하셔도 돼요."

잠시의 갈등이 있었지만 100점 맞은 시험지 대신 자신에게 떳떳한 마음을 선택한 아이를 보니 그때 생각이 났다. 이후로 나는 믿게 된 것 같다. 자신을 사랑하는 힘과 순수를 잃고 싶지 않은 의지를 가진 아이들은 어른들이 믿고 기다려주기만 한다면 언제고 자신에게 가장 좋은 자리를 스스로 찾아간다는 것을 말이다.

그렇기에 의도치 않게 마음에 돌덩이를 갖게 된 나루가 다시 균형을 잡을 수 있을 거라는 걸 나는 믿어 의심치 않았다. 오랜 망설임과 고민 끝에 나루는 초희를 찾아간다. 수영복을 돌려주고 모든 사실을 말하지 않는다면 떳떳할 자신이 없었다. 8년이란 시간 동안 수영에 몸과 마음을 쏟은 자신과 0.1초를 줄이기 위해 하루에 수영장 수백 바퀴를 도는 다른 선수들에 대한 예의를 지키지 않는다면 수영장에 다시 설 수 없을 것 같았다. 고백의 여파로 나루에게는 질책과 원망과 실망이 주어질 터였다. 다 무서워서 펑펑 울기도 했지만 나루는 그 모든 과정을 지나면서 알게 된다. 수영을 하지 않는 자신을 상상할 수 없을 정도로 수영을 사랑한다는 사실을. 수영을 좋아하는 마음보다 이기고 싶은 마음이 앞서 휘청였던 나루는 그제야 언젠가 언니가 해준 말을 마음으로 이해하게 된다.

"방향이 아래를 향하더라도 너 스스로 뛴다면 그건 나는 거야."

한바탕 성장통을 앓고 난 나루는 다시 자신의 레인 앞에 선다. 다음번 터치패드는 꼭 제일 먼저 찍을 거라고 다짐하면서. 이야기의 끝에서 나는 이 당찬 소녀를 응원하고 싶어졌다.

"전처럼 잘 날지 않아도 돼. 그냥 마음껏 날아."
— 김민우, 「나의 붉은 날개」

그림책을 보며 메모해놓았던 그 말은, 잘하고 싶은 마음 때문에, 어떻게든 이기고 싶은 마음 때문에, 수많은 돌덩이를 가슴에 안은 채 마음껏 날지 못하고 퍼덕거리던 작은 내가 어른이 되는 동안 가장 듣고 싶었던 말이기도 했다.

우리를 구원하는
상상

누구에게나, 꼼짝없이 당하는 것 말고는 다른 수가 없는 상대가 있기 마련이다. 어떤 남편들에게는 아내가 그 상대일 수 있다. 유명 작가인 무라카미 하루키도 평범한 남편들과 다르지 않았나 보다. 그는 『샐러드를 좋아하는 사자』라는 산문집에서 아내가 화가 났을 때는 "얌전히 샌드백"이 되는 수밖에 없다는 귀여운 고백을 한 적이 있다. 거북이처럼 목을 쏙 집어넣고 딴생각을 하며 "태풍이 지나가기를" 기다리는 작가처럼 막강한 상대를 견디며 살아가는 건 어린이들도 마찬가지다.

아스트리드 린드그렌의 전기에 나오는 작가의 아들 마츠 이야기다. 마츠는 무척 책을 좋아하고 많이 읽는데 그럴 때면 좀처럼 아무것도 듣지 못했다. 답답했던 작가는 역시나 평범한 엄마여서 아이에게 소리를 질렀다. 그때조차도 마츠가 아무 반응을 보이지 않자, 작가는 진심으로 궁금해서 묻는다. 책을 읽으면 정말 다른 사람의 이야기가 하나도 안 들리는 거냐고. 마츠의 답은 이랬다.

> "네. 그래서 좋아요. 엄마가 화났을 때는 그냥 앉아서 책을 읽는 게 차라리 낫거든요."
> ─ 옌스 안데르센, 『우리가 이토록 작고 외롭지 않다면』

아내의 태풍이 지나가길 바라며 하루키가 딴생각을 했다면, 마츠는 엄마의 폭풍 잔소리를 견디기 위해 책의 바다로 피신했다. 요즘 아이들의 방법은 더욱 다채롭다.

"아까 엄마가 막 다다다다 혼낼 때, 내가 무슨 생각 했는지 알아? 〈금쪽 같은 내 새끼〉 그 방송 생각했어. 내가 금쪽이가 돼서 방송에 나오는 거. 엄마가 막 나를 혼내는 것만 찍고 편집하는 거야. 그걸 거기 출연자 어른들이 같이 볼 거 아니야. 그러면 다들 놀라고 화가 나서 이렇게 말할 거야. 어머니, 이러시면 안 되죠! 아이한테 이러는 건 정말 아니죠! 어머, 정말 너무 심하네요. 어떻게 이럴 수가 있죠?"

표정 관리를 하며 물었다.

"그랬단 말이지. 그래서 오은영 선생님한테 엄마 막 혼나고? 그런 걸 상상하면 기분이 어때?"

"막 웃음이 나."

흥분하면 지는 거다. 중요한 건 엄마의 품위를 유지하는 것. 나는 얼른 "아이들이 빌어먹을 어른들을 감당할 방법을 찾을 수 있어서 얼마나 기쁜지" 모른다던, 태평양처럼 넓은 마음을 보여준 어머니 린드그렌의 흉내를 내며 말했다.

"그렇게라도 스트레스 풀었다니 다행이네."

나름 자신의 발언이 신경 쓰였나 보다. 아이는 곧 다른 아이한테 들은 이야기를 보태 아이들의 이런 마음을 일반화했다.

"나만 그런 거 아니야. 있지, 나랑 학원 같이 다니는 한 살 어린 동생 있잖아. 걔는 엄마가 혼낼 때 엄마를 빨래처럼 무지막지하게 짜는 상상을 한다 그랬어. 쓰레기장에 갖다 버리고 싶다는 얘기도 하고. 걔가 친구들한테 다 물어봤는데 애들 90퍼센트가 그렇대."

아이들은 모두 그렇게 엄마를, 어른을 견디고 있었구나. 짐작은 했어도 막상 들으니 조금 놀라웠지만, 사실 나도 린드그렌과 비슷한 기분이기는 했다(그렇다고 린드그렌처럼 막 기쁘지는 않았다). 아이에게 내 힘으로는 어떻게 해볼 수 없는 상대를 견딜 방법이 있다고 생각하면, 한번씩 정신이 나가는 엄마의 죄책감이 좀 덜어지는 기분이다. 화를 내고 싶지만 그렇다고 마음껏 화를 내면 더 큰일이 벌어진다는 걸 아이들은 익히 알고 있다. 어른들은 아직 이길 만한 상대가 아니다. 언제나 옳다고 박박 우기는 상대가 정말이지 마음에 들지 않지만 하나부터 열까지 당신이 틀렸다고 조리 있게 설명하는 일도 어렵고, 그렇게 한들 어디서 말대답이냐는 말이나 그도 아니면 다 키워놨더니 엄마한테 대든다는 얘기를 듣기 십상이다. 그러니 할 수 있는 일은 "샌드백"이 되어 견디는 것뿐. 잘 견디려면 일단 영혼을 가출시켜야 한다. 그래야 상상의 나래로 피신해 막강 히어로가 되어 사악한 악당을 무찌르는 스펙터클 액션 블록버스터 한 편을 찍고 올 수 있을 테니까.

아이의 이야기를 들으면서 새삼 생각한다. 아이의 세상이라고 해서 언제나 꽃밭만 펼쳐지는 건 아니구나. 이 작은 존재들도 현실을 견디기 위해 애쓰고 있구나. 그래도 다행인 것은 마음대로 되지 않는 세상을 향해 싸울 아이들의 무기가 다름 아닌 '상상력'이라는 것이다. 상상의 힘은, 어린 시절의 불운과 어려운 환경을 온갖 공상으로 견디며 무한한 행복을 찾아낸 '빨간 머리 앤'을 통해 이미 입증된 적이 있지 않은가. 그러니 아이들은 괜찮을 거라고, 나 편한 대로 생각하고 있을 때 아이가 왔다.

"엄마, 나 게임 해도 돼?"

이미 아이는 태풍을 잊었다. 상상력은 역시 힘이 세다.

아이들이 쑥쑥 자라도 그들만의 막강한 '상상력'을 잃지 않으면 좋겠다. 조금 더 풍부해진 상상력으로 내가 아닌 타인의 마음을 상상하고, 내 경험만으로 이해할 수 없는 상황 앞에서 이리저리 시나리오를 짜보며 애써 다양한 상황을 상상하는 태도도 키울 수 있다면 더없이 좋은 어른으로 자랄 것이다. 그렇게 자라 어떤 어른이 되면 좋겠냐고 누군가 묻는다면, 나는 〈서울 체크인〉에 나왔던 두 사람을 떠올리고 싶다. 이옥섭 감독과 구교환 배우.

이옥섭 감독이 연출한 독립영화는 악인이 없기로 유명하단다. 그건 누가 미우면 그냥 사랑해버린다는 감독의 성향 때문일 것이다. 어떻게 그럴 수 있냐는 질문에 그가 들려준 이야기는 이렇다. 미국 여행을 할 때 2층 버스에 탔는데 한 여자가 매니큐어를 칠하고 있었다. 냄새도 독하고, 공공장소에서 이러면 되나, 되게 싫다, 하고 생각하다가 문득 그런 생각이 들었단다. '이 모습이 영화에 담긴다면 무척 사랑스러운 캐릭터가 되겠구나.' 그런 식으로 세상을 바라보니 싫은 사람도 미운 사람도 없더라는 이야기. 타인의 단면만 보고는 그를 이해하는 일도 사랑하는 일도 어렵다. 하지만 낯선 타인을 입체적으로 상상하려고 노력한다면 상황은 달라질 수 있다는 얘기다.

미운 사람, 싫은 사람은 캐릭터와 상황을 풍부하게 상상하며 이해해보려고 노력한다 치고, 우리에게 다가오는 크고 작은 고비들, 시련과 좌절과 불운들은 어떻게 받아들여야 하는 걸까. 구교환 배우는 배우답게 이 말을 떠올린다. '주인공 서사.' 다시 말하면, 힘들 때마다 자신이 '영화의 주인공'이라고 상상한다는 것이다. 그렇게 생각하면 힘든 일이 있을 때마다 이렇게 말할 수 있단다.

"그래, 너무 재미있으면 주인공이 아니지. 이게 다 산을 넘고 있는 거야."

그렇다면 말이지…… 하면서 나도 머릿속으로 수다를 떨어본다. 사는 게 이토록 쉽지 않고 날마다 엎어지는 기분이 드는 게 다 이유가 있었어. 내가 낸 책들도 처음부터 팡터지지 않은 게 다 그런 거지. 하는 일마다 척척 잘 풀리고 인생에 걱정 하나 없다면 그건 또 너무 심심한 인생이잖아. 고비와 좌절과 실패가 수시로 찾아와줘야 제대로 된 주인공 아니겠어.

말해놓고 보니 어쩐지 부끄러워지는 게, 주인공은 아무나 하는 게 아니구나 싶다. 그래도 상상력은 확실히 옳다. 언제 어떤 시간에서든 우리를 어떻게든 구원하니까.

사랑이 어떻게
변하냐고 묻는다면

최근 몇 년간 한 남자에게 줄기차게 사랑 고백을 받았다. 그가 사랑을 전할 때 애용하는 방식은 손 편지다. 지금 글을 쓰고 있는 내 방에도 그가 준 편지가 책상 메모판, 책장 옆, 문 뒤, 화장실 옆 벽 등에 붙어 있다. 편지에는 항상 그림이 그려져 있다. 배트맨 로고(어둠의 세력으로부터 지켜주겠다는 의지)부터 해골과 미라와 호박(핼러윈 데이 이벤트), 게임 캐릭터인 마인크래프트의 히로빈과 언더테일의 샌즈(더 강해지라는 무언의 메시지)까지. 물론 하트는 기본이고 가끔 특별한 날에는 카네이션을 만들거나 그려준다. 눈치챘겠지만 고백의 주인공은 우리 집 어린이다. 편지 내용은 세 가지 유형이 반복된다.

첫 번째는 영원한 사랑의 약속.

"나 이렇게 키워주고 아껴주고 사랑해줘서 고마워. 영원히 사랑할게."

두 번째는 호언장담.

"내가 크면 호강시켜줄게."

세 번째는 반성문.

"맨날 엄마 아빠께 짜증 내서 정말 죄송합니다."

어린이라고 해서 마음으로만 사랑을 전할 거라 생각하면 오산이다. 어린이는 그 누구보다 물질 공세에 강하다. 지금까지 받은 것만 해도 어마어마하다. 금색 빵 끈으로 만든 반지, 색종이로 접은 다이아몬드와 금딱지, 미술 시간에 쓰다 가져온 각종 반짝이와 화려한 색깔을 자랑하는 플라스틱 보석과 구슬. 이것들만 해도 사과 상자 하나가 넘을 거다. 글을 쓰느라 앉아 있으면 아이가 땅콩이 가득 박힌 초콜릿과 말랑 캔디와 혹은 자신이 먹던 과자를 그릇에 덜어 책상에 올려줄 때가 있는데, 그때 던지는 아이의 한마디가 웃기다.

"당 떨어질까 봐."

삐뚤빼뚤하지만 서툴게 한글을 쓸 줄 알면서 시작된 아이의 고백은 일곱 살과 여덟 살쯤에 정점을 찍고 천천히 내려오다가 열 살이 된 후부터는 현저하게 하강 곡선을 그리고 있다(어떻게 사랑이 변하니). 가진 자의 오만으로 사랑이 줄기차게 이어질 줄 알았던 나는 아이가 준 편지와 선물들을 그동안 몰래몰래 버렸다. 기하급수적으로 늘어나는 잡다한(?) 선물들을 계속 모아 두다가는 집이 몹시 어지러워질 것 같다는 핑계로. 그 모든 게, 내가 좋아하는 것이 나를 기쁘게 했듯 엄마도 기쁘게 해줄 거라는 아이다운 믿음에서 비롯된다는 걸 모르지 않는다. 언젠가는 이런 날들을 그리워하게 되리라는 것도 알고 있다.

그때를 대비해 아껴둔 그림책이 한 권 있다. 아이도 나도 무척이나 사랑해서 여러 번 읽었던 이 책의 주인공은 꼬꼬마 아기다. 아기가 태어나려면 하늘에서 기다리는 동안 자신이 직접 엄마를 골라야 한다. 주인공 아기도 한 엄마를 고르는데, 하필 친구 아기들이 제일 싫어하는 엄마다. 뭐 하나 제대로 하는 게 없는 먹보에 게으른 엄마를 도대체 왜 고른 거냐고 묻자, 아이는 엄마가 나한테 뭘 해주길 바라는 게 아니니까 괜찮다며 이렇게 말한다.

"나는 엄마를 기쁘게 하려고 태어나는 거예요."
— 노부미, 『내가 엄마를 골랐어!』

아기는 태어나서 엄마를 기쁘게 하고 싶었지만 맘처럼 되지가 않는다. 엄마는 자꾸 아기를 야단치고, 속이 상한 아기는 엄마에게 탄생의 비밀을 털어놓으며 말한다. 이럴 줄 알았으면 태어나지 말걸 그랬다고. 아기의 말을 듣고 반성한 엄마가 기뻐하는 엄마로 거듭나는 이 해피엔딩 이야기를, 아이는 지금보다 훨씬 어린 꼬꼬마 시절부터 무척 좋아했다. 내가 아이에게 화를 낼 때면 아이는 수시로 동화책을 이용해 나의 입을 막았다.

"나도 엄마를 기쁘게 해주고 싶었는데. 태어나지 말걸 그랬어."

가끔은 책 뒤표지에 적힌 말을 기억했다가 사랑을 확인하기도 했다.

"나는 '엄마의 기쁨'이야? 내가 있어서 엄마는 정말 행복해?"

아이와 내가 많은 이야기를 나누게 한 이 그림책은 놀랍게도 작가가 실제로 엄마 배 속에 있을 때를 기억하는 아이들을 만나서 썼다고 한다. 작가가 만난 아이들은 이 세상에 왜 태어났냐는 질문에 모두 같은 대답을 했단다. 당연히 엄마를 기쁘게 해주려고 태어났다고. 작가는 이 이야기와 함께 비밀을 하나 더 알려준다. 아이들은 엄마가 기뻐하는 모습을 보면 다른 사람들까지 기쁘게 해주고 싶어 한다는 사실.

아이가 엄마에게 쏟는 애정은 어느 시기가 되면서부터 줄어든다. 그렇다고 슬퍼할 필요는 없다. 사랑은 변하거나 사라지는 것이 아니라 주변의 다른 대상으로 확장되는 것이니까.

부모와 집이라는 작은 울타리를 넘어 사회생활(유치원이나 학교)을 하기 위해 세상에 나오면서부터 아이는 사랑의 부등호 방향을 조금씩 다른 곳으로 옮긴다. 엄마를 기쁘게 했던 자신감으로 주변 사람을 기쁘게 해줄 일을 하나씩 찾는 것이다. 아이는 약과를 먹다가 원어민 영어 선생님이 좋아하는 거라며 챙겨서 신나게 영어 학원에 가고, 친구의 생일 선물을 고르며 기뻐할 친구 생각에 하루 종일 설레고, 열심히 모은 세뱃돈을 아낌없이 투척해 선물로 사드린 셔츠를 할아버지가 입으신 걸 보고는 세상 뿌듯한 미소를 짓는다.

사랑의 영역을 넓혀가며 사랑하는 사람에게 내가 좋아하는 걸(엄마에게 주었던 숱한 선물들이 말해주듯이) 주는 사람에서 사랑하는 사람이 좋아하는 걸 주는 사람으로 조금씩 성장하는 아이의 모습을 지켜보다 보면, 마치 인생을 두 번 사는 것처럼 지난날의 어떤 장면들을 복기하게 된다.

집 앞에서 나를 기다리던 당신이 내 발걸음 소리를 듣고 뒤돌아 반갑게 흔들던 손. 가을이 묻은 소국 한 다발을 반으로 나눠 좋아하는 친구 집 현관문에 가만히 놓고 돌아서다

빙긋 웃음이 나던 순간. "너를 알게 돼서 좋아"라는 문자 메시지에 "나도♡"라고 보내던 답장. 풀밭에서 신나게 뛰어놀다가 내가 부르는 목소리에 귀를 펄럭이며 한달음에 달려오던 내 작은 강아지의 까만 눈.

서로가 서로에게 기쁨과 위로를 주는 시간이 찾아올 때면 크리스마스 트리에 전구가 들어오는 것처럼 마음이 환해졌다. 헤매던 마음이 비로소 생의 의미를 찾아 단단하게 자리 잡는 기분이었다. 그래서일까. 나는 누군가의 반짝이는 기쁨이 되기 위해 발랄한 몸짓을 하는 아이를 볼 때마다 계속 다짐을 하게 된다.

다시 사랑하는 일을 절대 그만두지 말자고.

아이였던 그때처럼 당신을 기쁘게 하는 일을 결코 포기하지 않겠다고.

누구나 마음속 구슬이 깨지며
어른이 된다

지난해 크리스마스는 아슬아슬했다. 하마터면 산타 할아버지의 존재가 탄로 날 뻔했다.

크리스마스 며칠 뒤, 내 핸드폰으로 이런저런 검색을 하던 아이가 물었다.

"엄마, 이게 왜 엄마 이름으로 되어 있어?"

나는 화들짝 놀랐다. 쇼핑 앱의 검색창을 보니 아이가 받은 크리스마스 선물이 빨간 글자로 '구매한 상품'이라 써 있는 게 아닌가.

"어…… 이게 뭐지? 몰라. 엄마는 모르는 일인데. 어디 다시 보자."

최대한 태연한 척, 연기에 들어갔다.

"진짜 이상하다. 만약 엄마가 결제했으면 봐봐, 여기 결제 내역 보이지? 여기에 떠야 되거든. 그런데 봐, 다른 결제 내역만 있고 네 선물은 없잖아. 도대체 어떻게 된 거지?"

완전범죄를 위해 결제 내역을 지웠는데, 같은 제품을 검색하면 구매 이력이 자동으로 뜬다는 것까지는 체크하지 못했다. 급하게 둘러댔다.

"아, 알겠다, 알겠어. 이게 인기 상품이잖아. 며칠 전에도 품절 뜬 거 너도 봤지? 그래서 아마도 산타 할아버지가 이 제품이 나오자마자 택배 기사님한테 먼저 부탁한 것 같아. 산타 할아버지도 선물 확보하려면 발 빠르게 움직이셔야 했겠지. 요즘 애들이 워낙 다양한 선물을 바라니까."

"엄마, 산타 할아버지 선물 공장은 따로 있어. 선물은 엘프가 만들고."

당황한 표정을 최대한 감추고 재빨리 머리를 굴렸다.

"크리스마스 시즌에는 선물 공장이 얼마나 바쁘겠니. 그러니까 이런 일도 생기는 거지 뭐. 너 혹시 산타 할아버지를 의심하는 거야? 산타 할아버지 섭섭하시겠네. 이렇게까지 애쓰신 것도 모르고 말이야. 만약에 정말 산타 할아버지가 주신 게 아니라면 말이야, 그럼 어떡해? 우리가 시키지도 않은 게 온 거니까 반송해야 하지 않을까?"

엄마의 잔머리에 아이는 재빠르게 의심을 거뒀다.

"아니야, 엄마. 산타 할아버지가 주신 거 맞을 거야. 정말 바쁘셨나 보네."

가슴을 쓸어내리며 내게 주어진 또 하나의 숙제를 생각했다. 산타 할아버지의 진실은 언제 어떻게 아이에게 알려줘야 하는 걸까. 아니, 내가 알려주기도 전에 머지않아 아이는 형과 누나들이나 친구들에게 이야기를 듣고 모든 진실을 알게 될지도 모른다. 나는 그날이 머지않았음을 예감했다.

"언니. 내 마음에서 뭔가 깨지는 것 같아."
— 유은실, 「나의 린드그렌 선생님」

책에 나오는 비읍이는 중고 서점에서 일하는 그러게 언니를 통해 "산타 할아버지는 엄마 아빠가 착한 아이로 만들려고 꾸며"낸 거라는 이야기를 듣는다. 어른들이 단체로 거짓말을 했다는 사실에 비읍이는 충격을 받는다. 나쁜 뜻으로 한 거짓말이 아니라 해도 이 거짓말이 정말 아이들을 위한 것인지 비읍이는 잘 모르겠다. 크리스마스 때마다 선물을 못 받은 아이들은 자신이 착한 일을 안 해서 선물을 못 받는 줄 알 테니까. 그렇게 세상의 진실 하나는 비읍이의 가슴속 구슬 하나를 깨뜨린다. 그런 비읍이를 그러게 언니는 위로한다. 가슴속 구슬이 하나하나 깨지면서 어른이 되는 거라고.

한 번도 의심하지 않았던 생의 진실 앞에서 의문을 가지게 되는 순간, 내가 보던 세상이 다가 아니라는 것을 알게 되는 순간, 내가 믿는 세상은 내가 바라는 세상일 뿐이라는 걸 깨닫는 순간, 유년은 멀어지고 우리는 조금씩 철이 든다. 누구나 언젠가는 생의 이면을 마주해야 한다.

아직도 산타 할아버지를 믿는 아이는 올해 크리스마스 선물을 일찌감치 정했다. 아이의 소원은 이전처럼 레고 신제품도 아니고, 대브 필키(『도그맨』과 『캡틴 언더팬츠』의 작가)의 신간도 아닌, 우리 집 반려견 뭉치의 완치다. 살이 너무 많이 빠져 뼈가 드러날 정도인 열일곱 살 뭉치의 컨디션이 나빠 보일 때마다 한숨을 쉬고 있는 내게 아이는 말한다.

"엄마, 걱정하지 마. 산타 할아버지한테 내가 부탁할 거야. 나 레고 이런 거 필요 없으니까 우리 뭉치 밥도 더 잘 먹고, 예전처럼 장난도 잘 치게 해달라고. 그러니까 겨울까지만 좀 견뎌보자. 엄마, 크리스마스 날, 뭉치가 옛날처럼 막 침대에도 올라오고 엄마 바지 물어서 당기고 그러면 어떨 것 같아?"

어쩌면 머지않은 시간에 아이의 구슬 하나가 깨질지도 모른다. 우리의 소원은 이루어지는 것보다 이루어지지 않는 것이 더 많다는 것을, 소중한 존재와 함께하는 시간은 언제나 우리가 생각하는 것보다 짧다는 것을 아이도 곧 알게 되겠지. 해사한 어린이의 얼굴에 그늘이 지는 것을 어떻게 지켜봐야 할까.

철이 들고 어른이 되는 동안 내어줘야 했던 구슬들이 내게도 있다. 무엇이든 잘할 수 있다고, 나는 꽤 대단한 아이라고 한껏 자부하다가 나보다 더 뛰어난 친구들 앞에서 구슬이 하나 깨어졌다. 노력하면 무엇이든 할 수 있다고 믿던 구슬은 입시를 치르면서 부서졌다. 세상은 내게 마냥 다정할 거라고 믿던 순진한 구슬은 내 손으로 처음 돈이라는 걸 벌면서 깨뜨렸다. "스물여섯이 된 해의 마지막 날, 여섯 시 정각에 꼭 만나는 거야. 어른이 돼서. 정말 멋지겠지?" 열몇 살 소녀들이 했던 약속을 서른을 훌쩍 넘긴 어느 날에 떠올리다가 내 곁의 많은 이를 떠나보내는 게 인생이라는 걸 느끼며 구슬 하나를 조용히 떨어뜨렸다. 그렇게 마음속 구슬이 깨지며 어른이 된 우리에게 어린이들은 비웃이처럼 묻고 싶을 것이다.

"그럼 언니는 마음에 구슬이 하나도 없어?"

그러게 언니는 그 질문에 "다 깨지고 단단한 진짜배기

구슬"이 남았다고 말해준다. 나는 아직인 것 같다. 중년의 시간을 살고 있건만, 아직 더 깨질 게 남아 있는지 지금도 가끔 마음속 구슬이 깨지고 부서지는 게 느껴진다. 변하지 않는 사람에 대한 기대를 접을 때마다, 나 자신의 한계에 절감하는 순간마다, 내가 바라는 많은 것이 헛된 것임을 새삼 느낄 때마다 내 안의 어떤 것들이 부서져나가고 나는 여전히 아프다.

하지만 이제는 안다. 그렇게 깨지고 부서지는 사이, 나와 내 삶을 둘러싸고 있던 어떤 벽들이 계속 떨어져나가고 있다는 것을. 그러면서 배워가고 있다. 내게 가장 중요한 것들이 무엇인지. 하나씩 하나씩 버리고 마지막으로 무엇을 남겨야 하는지. 그러다 보면 어느 날, 가볍고 자유로운 얼굴을 한 나를 마주할 날도 있겠지. 그때의 나는 다시 어린아이처럼 웃으며 손을 펴 기쁘게 보여줄 수 있을까. 단단하고 아름답게 빛나는 진짜배기 구슬을.

우정을 지키는
단 하나의 방법

초등학교 4학년인 선과 지아가 처음 만난 건 여름방학 식 날이었다. 평소에 자신을 따돌리던 보라 무리에게 속아 학교에 남아 있던 선은 전학을 오게 될 지아를 보게 되고 학교를 안내해준다. 다니던 학교에서 부모가 이혼했다는 이유로 아이들에게 시달림을 당했던 지아는 낯선 학교, 낯선 동네를 친절하게 알려주는 선이 고맙고 좋았다. 오랫동안 친구들에게 외면당하던 선은 자신에게 호감을 보이는 지아가 단비처럼 반가웠다. 금세 친해져 서로의 집을 오가고, 문방구 쇼핑을 하고, 봉숭아 물을 들이며 여름날의 추억을 만들어 가는 선과 지아.

그들의 우정에 미세한 금이 가기 시작한 건 서로가 가

진 결핍 때문이었다. 이혼한 뒤로 한 번도 찾아오지 않는 엄마를 둔 자신과 달리 친구 같고 다정한 엄마를 가진 선에게 지아는 골이 난다. 선은 학원비가 없으면 대신 내줄 수 있으니 영어 학원을 같이 다니자는 지아에게 자존심이 상해 발끈한다. 방학이 끝난 뒤, 우정의 공기는 예전과 같지 않다. 지아는 선이 인사를 해도 받지 않는다. 보라를 통해 선이 왕따라는 걸 알게 된 지아는 또다시 아이들의 외면을 받을까 봐 보라 무리와 어울린다. 금이 간 우정은 보라 무리의 이간질과 함께 고의와 오해가 섞인 쌍방 폭로전으로 이어지고 둘은 결국 몸싸움까지 벌인다. 한때 모든 것을 함께 나누고 싶었던 우정은 어디로 사라진 걸까.

　가뜩이나 속상한 선의 눈에 동생 윤의 눈가 상처가 유난히 크게 다가온다. 선은 화가 난다. 자신보다 덩치 큰 친구에게 늘 맞고 다니면서도 계속 놀고 싶어 하는 동생이 바보 같다. 선은 윤에게 왜 너를 다치게 하는 친구와 노느냐고 타박을 한다. 그 말은 지아와의 우정을 자꾸 돌아보는 자신을 나무라는 말처럼도 들린다.

　"이번엔 나도 때렸는데. 그래서 걔가 다시 나 때린 거야."

　윤의 대답에 선은 의외라는 듯 그래서 어떻게 됐냐고 묻는다. 윤의 대답은 예상을 빗나간다.

　"놀았어."

답답한 선은, 바보냐고, 또 때려야지 왜 맞고 또 노느냐며 화를 낸다. 윤은 맑고 무심한 눈을 하고 진심으로 궁금해하며 묻는다.

"내가 걔 때리고, 걔가 나 때리고, 또 내가 때리고, 그럼 언제 놀아? 나는 놀고 싶은데."

― 영화 〈우리들〉

한참 어린 동생의 말에 선은 할 말을 찾지 못했다.

다친 마음을 끌어안고 견디면서 아이들은 학교에 가고 수업을 받고 체육을 한다. 왁자지껄한 학교 운동장에 아이들이 피구를 하기 위해 모였다. 편을 짜느라 바쁜 아이들 틈에서 가장 늦게 이름이 불리는 선과 지아는(지아는 얼마 뒤 보라와도 척을 지게 되고 반 친구들의 외면을 받는 상태다) 꿔다 놓은 보릿자루처럼 서 있다. 선은 일찌감치 공을 맞고 아웃 라인에 서서 괜한 손톱을 물어뜯고 있다. 한때 싱그러운 주황색 봉숭아로 물들었던 선의 손톱은 이제 말갛다. 아니다. 아직 약지 손가락 하나에 봉숭아 물이 그믐달처럼 남아 있다. 아슬아슬하게 남은 봉숭아 물을 물끄러미 바라보는 선의 귀에 들어온 아이들의 말. 야, 한지아! 너 금 밟았냐. 야, 빨리 나가. 아냐, 안 밟았어. 야, 넌 맨날 거짓말이냐.

옆에서 그 말을 가만히 듣고 있던 선이 나선다.

"야. 한지아 금 안 밟았어. 아니, 진짜 금 안 밟았어. 내가 다 봤어."

선은 왜 그랬을까. 그렇게 많은 생채기를 입고도 굳이 왜 지아의 편을 들어줬을까.

영화의 첫 장면에서 선은 지아와 똑같은 사건을 겪었다. 선이 금을 밟지 않았다고 말해도 아무도 믿어주지 않았다. 그때 선은 철저히 혼자였다. 지아야, 그 마음 나는 알아. 선이 나섰던 건 혹시 지아에게 그렇게 말하고 싶었기 때문일까. 아니면 손끝에 남아 있는 봉숭아 물을 보면서 아직 우리의 우정은 남아 있다고, 살릴 수 있다고 말하고 싶었던 걸까. 선의 발언이 무색하게 지아는 1초도 안 돼 등에 공을 맞고 아웃 라인에 선과 함께 선다. 둘은 누가 먼저랄 것도 없이 슬쩍슬쩍 서로를 훔쳐본다. 둘의 시선이 마주치는 장면에서 올라가는 엔딩 크레디트.

가끔 선과 지아를 생각했다. 두 소녀는 어떻게 됐을까.

꽤 오래 마음에 남았던 마지막 장면을 다시 떠올린 건 수채화가 아름다운 한 그림책을 보게 되면서였다. 영화 〈우리들〉의 쿠키 영상(엔딩 크레디트 후에 나오는 영상)을 만든다면 더없이 어울릴 것 같은 책 속의 주인공도 두 소녀다. 하얀 눈이 흩뿌리던 세상에 연두색 기운이 섞이기 시작할 무렵, 겨울방학이 끝났다. 한 계절이 바뀌는 동안 풍경만 변한 게 아니었을까. 그저 겨울방학이 지나갔을 뿐인데, 어쩐지 어색한 기분에 그만 친구의 눈을 피한 소녀는 인사할 타이밍을 놓쳐버린다. 학교가 끝나면 함께 시간을 보내던 친구였는데…… 짧은 정적과 고요가 지나간 뒤 두 친구는 인사하지 않는 사이가 되어버렸다.

어쩌다가 멀어진 마음을 붙잡은 채, 봄꽃이 환하게 필 때까지 친구가 내게 먼저 말 걸어주기를 기다리지만 둘 사이에는 아무 일도 일어나지 않는다. 어떻게 하면 다시 가까워질 수 있을까. 예전처럼 손잡고 인사하고 하루에 일어난 일을 새살거리며 얘기하고 싶은데. 소녀는 그 마음을 담아 친구네 집 빨간 우체통에 편지를 넣는다. 함께 타던 그네에 앉아서, 길을 걸으면서, 책상에 앉아서 매일매일 기다리던 소녀가 마침내 받은 답장. 편지의 마지막 줄에 소녀는 어깨를 으쓱했을 것만 같다.

"우리 엄마가 넌 참 용감한 아이라고 했어."

달고 쓴 우정의 풍경을 아련하게 담은 책의 마지막 장을 넘기고 뒤표지를 보면 이 그림책을 잊을 수 없게 만드는 문장이 마음 깊이 남는다.

"우정은 계속되는 용기의 결과다."

이제 그림책의 제목을 말해야겠다. 금이 간 우정에 붙이고 싶은 반창고처럼, 책의 내용과 착 붙는 제목은 바로 이거다.『잊었던 용기』(휘리 글 그림).

원고를 쓰고 있는데 아이에게 전화가 왔다.

"엄마, 나 ○○이랑 화해했어."

어제 단짝 친구와 크게 싸웠던 아이였다. 어떻게 화해했냐고 물으니 대답이 싱겁다.

"뭐, 그냥. 얘기하다 보니까."

다 듣지 않아도 알 것 같았다. 막상 보니까 등 돌리고 있는 시간이 아까웠겠지. 선의 동생 윤처럼 어서 빨리 화해하고 놀고 싶었겠지. 그래서 둘 중 누군가 먼저 용기를 내 말을 걸었을 것이다.

용기를 잃어버린 지 오래된 어른으로 살고 있기 때문일까. 다시 신나게 즐거워지기 위해서, 나의 상처로 너의 상처를 감싸기 위해서, 함께 마주 잡았던 두 손의 온기를 잊지 않기 위해서, 오늘도 어딘가에서 홀로 용기를 내고 있을 어린이들을 생각하면 언제나 경애의 마음이 차오른다.

그저 먹고 자라는 것이
전부는 아니어서

"그저 먹고 자라는 것만이 삶의 전부는 아닐 거야."

– 트리나 폴러스, 『꽃들에게 희망을』

열셋 열네 살 무렵, 나도 동화 속의 애벌레와 같은 생각을 했다. 학교에 가서 수업을 듣고 집으로 돌아오는 단조로운 삶. 할 수 있는 일보다 할 수 없는 것이 더 많은 시절. 반복되는 일상이 미래를 위한 거라는 걸 모르지 않았지만, 한번씩 견딜 수가 없었다. 삶이 이렇게 지루해도 되는 걸까. 나는 도대체 무엇을 위해 사는 걸까. 공부만 계속한다고 내 인생이 뭐가 달라질까. 삶에 나름 심각한 의문을 갖기 시작한 걸보면 그때가 사춘기의 시작이었던 것 같다. 그 무렵의 내 독

사진들을 보면 좀 웃기다. 수심이 가득한 찡그린 눈과 일자로 꼭 다문 입. 어쩌면 그렇게 한결같이 심드렁한 표정을 짓고 있는지. 그때 나는 어떤 시간을 살고 싶었던 것일까. 무엇을 바랐던 것일까. 그 답을 꽤 오랜 시간이 지나 한 편의 동화에서 찾게 될 줄은 몰랐다.

『우리들이 개를 지키려는 이유』(문경민 글)는 떠돌이 개를 서로 키우겠다며 여섯 명의 아이들이 대결을 펼치는 이야기다. 먼저 등장한 세 명의 남자아이는 고찬이, 준민이, 정혁이다. 아이들은 뒷산을 넘어 학교에 가다가 묶여 있는 개와 마주친다. 앙상하게 마른 데다 보호자도 찾을 수 없는 개에게 집을 마련해주고 먹을 것을 챙겨주던 아이들은 곧 개를 키우기로 마음먹는다. 그때, 주희를 포함한 세 명의 여자아이가 나타나 자신들이 키우기로 한 개라며 나선다. 양쪽의 의지는 모두 강력했고 아이들은 '지구수비대'와 '쓰리걸즈'라는 이름으로 대결을 펼쳐 이긴 팀이 개를 키우기로 합의한다.

사실 커다란 누렁이는 키우기 쉬운 개도 아니었고, 건강도 좋지 않아 보였다. 아이들의 가족들도 위험하고 돈이 많이 든다는 이유로 반대를 했다. 그러나 아이들의 의지는 좀처럼 꺾이지 않는다. 자신들을 보면 저 멀리서도 힘차게 꼬리를 흔들며 달려오는 개를, 쓰다듬을 때마다 가슴을 뭉클하게 만드는 온기 있는 존재를 어떻게 내버려둔단 말인가. 그러다가 갑자기 개의 상태가 나빠지면서, 여섯 아이는 대결을 미루고 함께 동물병원에 갔다가 개에게 횡격막이 없다는 것을 알게 된다. 수술을 하지 않으면 위험한 상황. 다행히 아픈 떠돌이 개를 돌보는 아이들의 사연이 수의사 선생님의 도움으로 방송을 타면서 개는 무사히 수술을 마친다.

아이들이 그토록 열심히 지키려고 한 개는 원래 여섯 아이 중 한 명인 주희의 동네에서 어느 할머니가 키우던 개였다. 언니와 단둘이 살던 주희는 언니의 일이 늦게 끝나 저녁때면 늘 혼자였다. 그래서 종종 가까이 사는 할머니 집에 가서 함께 저녁을 만들어 먹고, 캔디(떠돌이 개의 원래 이름)에게 밥도 주고, 산책을 하기도 했다. 그러다 동네에 갑자기 화재가 났고 할머니가 돌아가셨다. 남겨진 캔디를 안쓰러워한 주희가 친구들과 함께 보살피다가 자기네가 키우겠다고 우기는 고찬이네 '지구수비대'를 만난 거였다.

주희는 할머니와 캔디와 함께 보낸 시간들이 좋았다. 이야기를 들은 방송국 PD가 주희에게 묻는다. 혹시 그 시간이 힘들지는 않았냐고. 그러자 주희는 뭔가 의미 있는 일을 하는 것 같아 좋았다고 말한다. 의미 있는 일이라는 건 무엇을 말하는 것일까. PD의 질문에 주희는 이렇게 대답한다.

"할머니랑 캔디에게 소중한 사람이 되는 거요."

고찬이도 인터뷰에서 주희와 비슷한 이야기를 한다.

"캔디를 돌보고 있으면 이상하게 힘이 났고, 위로받는 기분이
었고 대단한 일을 하는 기분이었어요."

아이들이 개를 지키는 데 그토록 열심이었던 이유는 그
거였다. 아이들은 나 아닌 누군가를 돌보고 책임지면서 자
신이 가치 있는 사람이라고 여겼다. 이 세상에 나를 필요로
하는 무언가가 있다는 것. 나로 인해 어떤 존재가 더 나아질
수 있다는 것. 나는 돌봄만을 받아야 하는 미약한 존재가
아닌 쓸모 있는 인간이라는 것. 다시 말해 자신의 존재감을
확인하면서 아이들은 전보다 행복해졌던 거다.

사춘기 시절의 내가 사진 속에서 그토록 세상 재미없는
표정을 짓고 있었던 이유도 거기 있었다. 나는 그때 나의 존
재감을 어디서 찾아야 할지, 삶의 의미를 어디서 찾아야 할
지 몰랐다. 그저 공부를 잘하고 못하는 것만으로 내 가치를
매기고 싶지도 않았다. 그러자 공부에도 곧 흥미를 잃었고
성적도 곤두박질쳤다. 행복을 어디서 찾아야 하는지 아무에
게도 묻지 못한 채 그냥 그 시간을 참는 것 말고는 할 수 있

는 게 없었다. 그래서 사진마다 그토록 정처 없는 표정을 지었던 것인지 모른다.

"다음에, 다음에 크면 그때 해."

지금은 크는 중이니까, 미래를 위해 준비해야 할 시간이니까 지금은 그런 걸 할 때가 아니라는 이야기를 아이들은 숱하게 들으며 자란다. 개를 지키고 싶었던 아이들도 부모에게 같은 말을 들었다. 그 말에는 지금 너희는 누군가를 도울 힘도 능력도 안 된다는 단언이 들어 있었다. 어린이들은 그런 말을 들을 때마다 고찬이처럼 "배 속에서 끓는 것처럼 울음이 올라"올지도 모른다. 내 힘으로 지금은 아무것도 할 수 없을 것 같은 기분이, 나의 선택과 의지가 없는 삶이, 어린이라고 해서 아무렇지 않을까.

'지구수비대'와 '쓰리걸즈'는 그렇지 않다고 말한다. "어른이 아니어도" 어린이란 존재는 얼마든지 주체적으로 생각하고 능동적으로 행동할 수 있다고 말한다. 자신들만의 의지로 최선을 다해 개를 지키며 삶의 의미와 행복을 찾아낸 여섯 아이들을 통해 내 안에 남아 있던 무표정한 사춘기 소녀도 뒤늦은 위로를 받았다.

사실 어른들도 모르지 않는다. 무채색의 일상이 총천연색으로 변하는 순간은 내가 어떤 존재에게 의미가 되는 그 순간이라는 것을. 나로 인해 누군가가 더 행복해질 수 있다고 생각하면, 내가 누군가에게 도움이 되는 사람이라고 생각하면, 우리는 없던 힘도 다시 난다. 내가 세상에 꼭 필요한 사람이라는 사실은 오늘을 살아갈 큰 힘이 된다. 아이들도 그런 존재감을 느끼고 싶었을 것이다. 아니, 어쩌면 작다는 이유로, 아직 미숙하다는 이유로, 자꾸 뒷자리로 물러가 현재가 아닌 미래를 살라는 세상 앞에서 존재감에 대한 아이들의 갈망은 더 컸을지도 모르겠다.

먹고 자라는 것만으로는 만족할 수 없는 어린이처럼, 인간이란 밥이나 빵만으로 살 수 있는 존재가 아니다. 살기 위해 사랑이, 꿈이, 위로가, 의미가 필요한 존재다. 그건 언제나 그렇다. 삶의 가장자리에 선 채 일어나는 일들을 바라만 보고 싶은 나이 또한 없다. 나이가 많건 적건, 인간은 누구나 언제 어떤 시간에서도 의미 있는 사람이 되고 싶다. 나는 당신에게, 당신은 나에게 말이다.

매일 새로 쓰는
이야기

어린이는 언제 자라는 걸까. 성장은 늘 사소한 계기로 발견된다.

"아니, 이게 어떻게 된 거야. 지난번만 해도 엄마랑 똑같았잖아."

아이가 양말을 신고 있을 때 장난으로 슬쩍 발을 대어 보다가 깜짝 놀랐다. 작년 겨울만 해도 나보다 발이 조금 작았고 몇 달 전에는 비슷했는데, 이제는 아이의 엄지발가락이 내 엄지발가락을 앞질렀다. 훌쩍 자란 자신을 확인하고 싶어진 아이는 일어나 엄마에게 말했다.

"그럼 키도 한번 재볼까."

발가락이 자란 만큼 키도 자랐다. 코끝에 닿을락 말락

했던 아이의 머리끝이 이제 내 콧잔등까지 닿았다.

매일 보는 내 아이의 달라진 점은 뒤늦게 알아채지만, 가끔 보는 다른 어린이의 변화는 한눈에 들어온다. 원래부터 마른 체질인 것처럼 잘 먹어도 빼빼 마른 몸매였던 아이의 친구를 몇 달 만에 봤더니 몸매도 얼굴도 동글동글 귀여워져 있다.

"우와! 많이 달라졌다. 살찌니까 훨씬 보기 좋아!"

"네. 저 이제 안 말랐어요. 저 39킬로그램이에요."

친절하게 몸무게까지 공개해주는 아이의 친구는 그사이 넉살도 더 좋아진 것 같았다.

키가 자라고 몸무게가 느는 것처럼 어린이의 마음도 함께 자란다는 걸 아이가 전해줄 때도 많다.

"엄마, 걔 예전하고 달라졌어. 옛날엔 화도 잘 내고 맘에 안 들면 짜증부터 냈는데 이제는 안 그래. 그냥 차분하게 얘기한다. 놀랍지?"

"나 학원에서 맨날 싸우던 친구 있잖아. 요즘 걔랑 친한 거 알아? 걔 엄청 친절해졌다. 이제 나한테 칭찬도 많이 해줘."

"2학년 동생 알지? 걔 원래 내 말 진짜 안 들었는데, 지금은 내가 말하면 다 알아들어. 그거 철들어서 그런 거지?"

어린이의 가장 큰 특징이자 장점이 변화라는 걸 실감하는 얘기들은 더 있다. 수줍음이 많아 어른에게 가볍게 목례 하는 것도 어려워하던 어떤 친구는 어느새 저 멀리서 달려오며 생글생글한 눈웃음을 짓고 예쁘게 인사하는 아이가 되어 있고, 항상 놀이터를 지키던 친구가 요즘은 엉덩이 무겁게 같은 자리에서 오랫동안 책을 보는 학구적인 모습으로 변했다는 이야기도 들리고, 작년만 해도 주변에서 자기주장이 강하다는 지적을 받던 친구가 이제는 선생님께 배려가 깊다는 칭찬을 받는다는 얘기를 전해 듣는다.

아이들은 어떻게 이렇게 달라진 걸까. 부모나 어른들의 특별 훈련이 있었다고 보기에는 무리가 있다. 그렇다면 그런 지도를 받은 아이만 달라져야 하는 건데 그건 또 아니니까. 그렇다면 우리는 이렇게 추측할 수 있다. 아이들은 원래 그런 존재라는 거. 마치 초록의 식물이 해가 있는 쪽으로 자라는 것과 마찬가지로, 아이들은 자신의 부족한 점을 본능적으로 깨닫고 나름의 섬세한 관찰력을 더해 더 좋은 쪽으로 자신을 개선한다. 아이를 키우면서 느낀 것도 그렇다. 배움은 그렇게 자연스럽게 일어난다. 아이들을 그냥 두기만 한다면.

아이들은 대부분 많은 것을 스스로 알아내고 깨친다. 하지만 어른들은 종종 아이들을 그냥 두지 않는다. 1년이 안 되어 놀랍도록 달라질 아이들을 두고 뒤돌아 가볍게 흉보는 어른들은(나를 포함해) 언제나 있었다.

"애가 얼마나 새침한지, 한 번을 고개 숙여서 인사하는 법을 못 봤다니까요."

"툭하면 격하게 나오고 제 맘대로인데, 엄마들이 그냥 보고만 있으면 안 되는 거 아니에요?"

"쟤가 한번 삐치면 오래가더라고요. 고집이 보통이 아닌가 봐요. 너무 안 혼나서 그런가."

"생글생글 나긋나긋해 보이는 앤데, 알고 보면 속은 여우라잖아요."

마치 날 때부터 그런 아이인 것처럼, 보이는 문제가 아이의 전부인 것처럼, 아이들을 쉽게 예단하며 수군거리는 어른들의 말이 아이에게 하나의 낙인이 될 수도 있다는 것을 어른들은 종종 잊는다. 만약 아이들이 어른들의 뒷말을 듣는다면 억울하고 속상한 마음이 들겠지. 그럴 때면 암팡지고 야무지게 이런 일침을 날리고 싶을지도 모르겠다.

"어제 이야기는 아무 의미가 없어요. 전 어제의 제가 아니거든요."
— 루이스 캐럴, 『이상한 나라의 앨리스』

매일 아침, 나는 오늘과 같은 날짜의 몇 년 전 아이를 다시 만난다. 핸드폰에 저장된 사진을 날짜별로 자동 편집해서 보내주는 서비스 덕에 작년이나 재작년, 혹은 몇 년 전 오늘의 아이 사진을 보면서 자주 감상에 젖는다. 이렇게 꼬꼬마였는데. 이렇게 작았는데. 유모차 안 타고 끌고 가겠다고 고집 피우던 때도 있었는데. 이때 자전거를 처음 탔었지. 요만할 때는 말할 때마다 귀여움이 팡팡 터졌고.

한번은 변신의 주인공 소감이 궁금해 사진들을 보여주며 물었다.

"어린 너를 보는 기분은 어때?"

"뭐, 그냥 그렇지."

"이렇게 달라져 있는데 아무렇지 않아?"

"조금 낯설어."

"엄마는 막 그립기도 하고, 좀 뭉클하기도 하고 그런데."

"난 뭐, 그냥 그래."

물약을 먹고 몸이 작아졌다가 케이크를 먹고 키가 놀랍도록 커지는 '이상한 나라의 앨리스'만큼이나 변화무쌍한 날들을 보내는 아이들은 역시 과거에 연연하지 않는다. 아이들은 언제나 지금의 내가 가장 중요하다. 지금의 아이가 내가 알던 아이가 아니라는 것에 깜짝깜짝 놀라고, 그때는 그랬지, 하며 추억 속에서 허우적대는 건 언제나 어른들 몫이다.

두 살의 아이는, 다섯 살, 여섯 살······ 아홉 살의 아이는 저 어딘가의 세계로 사라졌다. 이제 나는 열 살, 열한 살······

스무 살의 아이를 만나게 될 것이다. 그렇게 새로운 아이를 만날 때마다, 그때의 아이는 또 얼마나 나를 놀라게 할까. 몸과 마음이 훌쩍 자란 아이가 내 앞에 섰을 때 부끄럽지 않은 어른으로 마주 서려면, 나 또한 어제의 나를 버리고 날마다 새로워져야 할 것이다.

3장

반짝이지만
초라하고
웃기지만 슬펐던

실수가 훈훈한 미담이
되기 위한 조건

　책을 읽다가 혼자 웃음이 터졌다. 초등학교 1학년을 주로 맡는 선생님이 쓴 책인데, 함께 웃으려면 일단 전후 사정을 알아야 한다. 지금 학급의 에어컨은 고장 나 있고 요전 날 선생님이 AS 신청을 한 상태다. 수업 중에 한 아이가 진지하게 선생님께 물었다.

　"선생님! SBS는 언제 와요?"
　─ 초등샘Z, 『오늘 학교 어땠어?』

　방송국에서 온다는 얘기는 없었는데. 선생님은 잠깐 머리가 멍해지다 1초 만에 모든 상황을 파악하고 곧바로 대답한다.

"어! 내일 온대!"

'AS'를 엉뚱하게 'SBS'로 착각한 아이의 귀여운 말실수. 선생님은 "개떡같이 말해도 찰떡처럼 알아듣는 1학년 교사"라고 스스로를 칭찬하며 어깨를 으쓱 추어올린다. 선생님들의 내공은 급식실에서도 빛난다. "오늘 숟가락 맛없어요"라는 말만 듣고도 숟가락이 '미숫가루'를 말한다는 걸 금방 알아채는 신공.

엄마 10년 차인 나도 그런 내공이라면 조금 쌓았다고 자부할 수 있다.

"엄마, 그 그림, 모짜렐라 닮았다."

엄마가 핸드폰으로 뭘 보는지 궁금해 함께 들여다보던 아이가 화면에 뜬 여인의 초상화를 보고 한 말이었다. 상황을 빠르게 파악하고 말했다.

"어디가? 너 혹시 모나리자 얘기하는 거야?"

침대에 있던 아이와 나는 누가 먼저랄 것도 없이 뒤로 넘어가 잠시 폭소의 시간을 가졌다.

마트에 다녀온 뒤, 비타민 피로 회복제를 먹고 있을 때였다.

"엄마, 나 그거 마시면 안 돼? 여기에도 그거, 샴페인 들었어?"

엥? 1초 후 상황 접수.

"아, 카페인? 하기는 샴페인이나 카페인이나 어린이가 먹으면 안 되는 건 맞다."

한번은 학교에서 돌아온 아이가 급식 때 있었던 일을 전해주었다.

"엄마, 오늘 점심으로 순댓국이 나왔는데, 친구가 그걸 보고 뭐라 그랬는 줄 알아?"

"몰라. 뭐라 그랬는데?"

아이의 다음 대답에 나는 그날치 웃을 것을 미리 다 웃어버렸다.

"순 돼짓국."

어린이는 자주 실수를 빚어낸다. 몰라서, 서툴러서, 아직 경험이 부족해서이니 당연한 일이고, 그래서 수시로 어른들에게 웃음을 안겨준다. 이런 아이들의 실수는 어떤 어른을 만나느냐에 따라 훈훈한 이야기가, 고운 빛깔을 가진 추억이, 재능을 싹 틔우는 계기가 되기도 한다.

한 온라인 플랫폼에 그림일기를 올려 사랑을 받은 원동민 작가의 책(『어른이라는 거짓말』)에서 찾은 이야기다. 그는 다섯 살 때, 하지 말아야 할 일을 저질렀다. 그만한 나이 때 누구나 저지르는 짓. 벽을 캔버스 삼아 난리를 쳐놓은 것이다. 보통 이럴 때 엄마들의 대처는 빤하지 않나. 내가 미쳐! 벽에다 낙서하지 말라 그랬지! 이런 식으로 흘러가는 게 보통이다(나만 그런 거 아니죠?). 하지만 그의 어머니는 달랐다. 아이를 혼내기는커녕 처음 그림을 그렸다며 담뿍 칭찬해준 다음 다른 쪽 벽면에 전지를 붙여주었다. 그러고는 이것저것 그리는 아들을 따라 함께 그림을 그렸다는 믿을 수 없는 아름다운 이야기.

얼마 뒤 그는 미술 학원에 다니게 됐다. '동물원 그리기'를 하던 날, 기린을 그리던 그는 목을 먼저 그렸는데 그만 너무 길게 그리는 바람에 기린의 머리를 그리지 못했다. 그걸 보고 미술 학원 원장님이 하신 아름다운 말씀.

"동글이가 그리는 세상을 담기엔 8절지가 작구나."

다음 날부터 원장님은 그에게 4절지 스케치북에 그릴 것을 권유하셨단다.

그때 만약 어른들이 그를 혼내기만 했다면 어땠을까. 그가 말했듯 아무도 보지 않는 곳에서 혼자 일기만 썼을 수도 있다. 그럼 이렇게 훈훈한 그림일기를 만날 기회도 없었을 것이다.

어른의 말 한마디, 행동 하나가 어린이의 미래를 움직일 수 있다는 생각을 하면 덜컥 겁이 난다. 나란 사람은 지친 몸과 바닥난 인내심을 핑계로 아이가 물컵만 쏟아도 눈에서 레이저를 발사하는 사람이니까. 아이가 저지레를 할 때마다 얼마나 애를 잡았는지, 이제는 실수로 뭔가를 엎기만 해도 아이는 내게 묻는다.

"엄마, 괜찮아?"

아이는 궁금했을 것이다. 자신이 과연 무사할 것인지, 분노한 엄마의 이성은 언제 돌아올 것인지.

이렇게 아이를 눈치 보는 사람으로 키우지 않으려면, 어딘가에 싹을 틔우고 있을 아이의 재능을 짓밟지 않으려면, 실수에 대처하는 원칙이 필요하다. 앞서 귀여운 SBS 에피소드를 전해준 선생님의 조언은 이렇다.

"모르면 배우면 되지. 틀리면 다시 고치면 되지. 나는 아직 배우는 중이야. 실수해도 괜찮아. 다음번에 실수하지 않게 노력하면 돼. 나는 더 잘할 수 있는 사람이야. 아이쿠, 이건 다 아는 건데 실수했네."

그런데…… 마음에 쏙쏙 들어오는 선생님의 말씀을, 이러라고 하신 말씀이 아닌 줄 뻔히 알면서도 미숙한 엄마는 자꾸 이렇게 써먹고만 있는데…….

'괜찮아. 틀리면 다시 고치면 되지. 앞으로 잘하면 되지. 이게 다 엄마가 되어가는 과정이야. 다음번에 안 그러면 돼. 나는 더 좋은 엄마가 될 수 있어. 아이쿠, 이래놓고 또 그

랬네.'

선생님, 저 이래도 되는 걸까요?

어린이의 허세에는
다 이유가 있다

아, 너무 작다.

아이를 처음 만나면 어떤 기분이 들까. 수없이 상상한 순간이 막상 찾아왔을 때, 나의 소감은 고작 그거였다. 52센티미터에 2.9킬로그램의 생명은 생각한 것보다 더 작았다. 한 덩치 하는 남편이 아이를 안으니 아이가 얼마나 작은지 더 실감이 났다. 아이는 남편의 팔뚝보다도 작았다. 그래서였을까. 그때 나는 감동에 빠져 허우적대는 대신 언젠가 어른들이 했던 말을 속으로 따라 했다.

'얘가 언제 커서 사람 구실을 할까.'

아이는 어른이 생각하는 것보다 빨리 자란다. 때가 되

면 고개를 가누고, 몸을 뒤집고, 기기 시작하다 발을 딛고 걷는다. 아이의 성장을 발견할 때마다 어른들은 약속이나 한 듯 똑같은 감탄사를 연발한다.

"정말 많이 컸네. 언제 이렇게 컸냐."

그 마음이 첫 번째 절정에 이르는 순간은 아이가 초등학교에 입학하는 날이 아닐까.

꼬꼬마이던 아이가 학교에 처음 가던 날, 코로나 때문에 입학식은 하지 못했다. 학부모는 교문 앞까지만 아이를 배웅할 수 있었다. 교문 앞에서 사랑한다는 말과 함께 꼭 안아준 뒤 아이를 들여보냈다. 교실을 향해 씩씩하게 걸어가던 아이가 한 번씩 뒤를 돌아볼 때마다 눈앞이 살짝 흐려졌다. 옆의 다른 1학년 엄마들도 아이들 등에서 눈을 떼지 못했다. 교실에 들어가기 전에 실내화를 갈아 신는 모습을 멀리서 보고 있자니 가슴이 더 조마조마했다. 등을 구부리고 신을 갈아 신다가 등에 멘 가방이 앞으로 쏠려 넘어지는 건 아닐까. 입구가 복조리 같은 주머니에 실내화를 넣어줬는데, 괜히 그랬어. 끈을 못 벌려서 실내화를 못 빼는 건 아닐까. 지금 생각하면 웃음만 나지만 그때는 별의별 오만 가지 걱정을 다 했던 것 같다. 아이는 실내화를 꺼내느라 조금 낑낑대긴 했지만 무사히 실내화를 갈아 신고 교실이 있는 건물 안으로 사라졌다.

아이를 언제까지나 품에 안아 키울 수는 없다. 걷기 시작하면 세상을 배우고 나아갈 수 있도록 부모는 조금씩 아이와 떨어지는 연습을 해야 한다. 같이 하던 일들을 혼자 해낼 수 있도록 가끔은 등을 떠밀기도 하면서. 혼자서도 할 수 있어. 욕실에 아이를 밀어 넣는 것부터 시작해 함께 가던 놀이터에 혼자 내보내며 말한다. 조금만 놀다 들어와. 매일 함께 가는 등굣길에서는 어느 날 다짐을 받는다. 내일부터는 혼자 가는 거야.

그때마다 지켜보는 부모의 가슴은 두근거린다. 다치지는 않을지, 외롭지는 않을지, 속상한 일은 없을지, 어려운 일은 안 생길지, 힘들어서 울고 싶지는 않을지. 부모는 가끔 모질게 눈을 감는다. 아이는 어른들이 없는 순간에 더 많이 자란다는 걸 아니까. 의지할 수 있는 존재가 사라진 세상에서 넘어지면서 일어나는 법을 배우고, 머리를 짜내 도움을 청할 방법을 구하고, 외로운 순간에 주변을 둘러보며 사람을 찾는 법도 배우고, 여기저기 다치면서 어떻게 하면 다치지 않을 수 있는지를 연구할 테니까.

애써 의연하고 대범한 부모인 척해도 아이를 세상에 내보내고 나면 언제나 불안하고 초조한 마음이 든다. 그럴 때면 아이들의 용감함을 일깨워주는 책들을 일부러 찾아 읽는다.

교실 밖에는 비가 내리고 있다. 갑자기 내린 비에 우산이 없는 아이는 난감하다. 어느새 학교 밖은 우산을 들고 온 엄마 아빠들로 북적북적하다. 그 모습을 바라보며 우두커니 서 있는 아이의 눈에 들어온 남자아이. 작년에 같은 반이었던 친구다. 우산이 없는 게 어쩐지 반가워 알은체를 하자 친구는 "안 가냐?" 하더니 메고 있던 가방을 머리 위로 들고 쌩 달려나간다. 망설이던 아이도 친구를 따라 뛴다. 빗속을 함께 달려 도착한 문방구 앞. 친구는 경주를 제안한다. 빗속의 경주는 생각보다 재미있다. 시합을 마치고도 힘든 기색이 없는 아이가 기대에 차 이번엔 어디까지 뛸까, 묻는데 친구는 다 왔다며 인사를 한다. 비는 계속 주룩주룩 내리고, 우산을 쓴 행렬 끝에 아이는 다시 혼자다. 머리는 젖어서 얼굴에 붙고, 계속 뛰어서 볼은 발그레하지만, 아이의 얼굴은 처음 교실을 나섰을 때와는 다르다. 아이는 살짝 웃고 있는 것도 같다. 우산이 없는 아이를 보고 한 어른이 같이 가자고 말한다. 아이는 괜찮다고 말하고는 빗속을 우다다다 뛰어간다. 짧지만 날씬하고 귀여운 팔다리를 열심히 휘저으며. 그때 아이가 하는 한마디.

"이까짓 거!"

— 박현주, 「이까짓 거!」

불안과 걱정이 많은 나 같은 엄마의 어깨를 다독이는 이런 이야기들은 언제나 내가 생각한 것 이상으로 많은 것을 해내고 있는 아이를 돌아보게 한다. 언제까지 데려다줘야 하나, 엄마의 고민이 무색하게 어느 날은 함께 가던 등굣길에서 아이가 이렇게 말했다.

"여기서부터는 혼자 갈게. 엄마는 가."

그러고는 힘차게 손을 흔들었다. 며칠 뒤에는 혼자 가길 망설이는 친구에게 꽤나 의젓한 척을 하며 이렇게 말했단다.

"처음엔 다 이렇게 시작하는 거야."

갑자기 내리기 시작한 비에 걱정이 돼 하교 시간에 맞춰 우산을 들고 찾아간 날엔 손이 좀 부끄러웠다.

"어, 엄마, 왜 왔어? 나 그냥 모자 뒤집어쓰고 뛰려고 했는데."

어느 날 창문으로 밖을 내다보다 친구들과 함께 놀이터에 놀러 나간 아이가 혼자인 걸 봤다. 아이는 놀이터 근처의 언덕진 길을 걷고 있었다. 밖에 나가서 무슨 일인지 물어보고 데려올까 하다가 그냥 창문을 닫고 아이를 기다렸다. 한참 뒤 집에 돌아온 아이는 아이들과 마음이 맞지 않았던 일들을 털어놓았다. 속상하고 답답했겠다며, 그래서 너는 어떻게 했냐고 짐짓 모르는 척 묻자 아이가 말했다.

"산책했어. 마음이 좀 정리될 때까지."

한번은 아이의 친구가 다른 친구들에게 아이와 놀지 말라고(요전에 티격태격 싸운 걸 이유로) 뒷말을 하고 다닌 걸 알게 돼 아이가 흥분한 적이 있었다.

　"엄마가 걔 엄마한테 전화 좀 해. 진짜 나쁜 거잖아."

　엄마가 해결해주지 않는다며 속상해하던 아이는 등굣길에 우연히 그 아이를 만나자 단도직입적으로 물었다.

　"너, 나 없는 데서 뒷담화했다며? 다른 애들한테 나랑 놀지 말라고."

　당황한 친구는 힘이 잔뜩 들어간 목소리로 부인했다. 그러자 그 옆에 있던 다른 아이가 고개를 갸웃하며 말했다.

　"이상하다. 내가 분명히 들었는데. 진짜 들었는데."

　친구는 얼굴이 조금 벌게졌다.

　"나 진짜 안 그랬다고!"

　아이는 이번엔 쿨한 척을 했다.

　"그래? 믿어줄게. 혹시라도 다음엔 그러지 마. 또 그러면 너랑 절교야."

　나름 진지하면서도 어딘가 코믹하기도 한 아이들의 대화를 멀찌감치 떨어져 엿들으며 생각했다. 이 시간이 지나고 아이들은 또 훌쩍 크겠구나. 한편으로는 불편한 감정을 삭이지 않고 자신만의 방식으로 친구에게 전하는 아이 나름의 사회적 기술에 감탄하면서 한 정신과 의사의 말에 동의

했다.

"아이에게는 이미 최고의 생각이 있다."

아이들은 어른들이 생각하는 것보다 강하고 지혜롭다. 많이 웃는 만큼 많이 우는 아이들이지만, 자신만의 힘으로 자신의 세계를 넓혀나가는 일을 포기하지 않는다. 때로는 "이까짓 거!" 하는 허세도 부리면서. 생각해보면, 허세도 부릴 만하다. 그들이야말로 수만 번 넘어지면서도 단 한 번도 일어서기를 단념하지 않았던 의지의 존재들이 아닌가.

생각해보면…… 당신도, 나도 그렇다.

알 길 없는 인생을 상대하는
최고의 방식

우리 집 어린이는 웹툰 작가나 일러스트레이터가 되는 게 꿈이다. 자신에게 주어진 자유 시간의 대부분을 그림 그리는 데 쓰고, 미술 학원에 갈 때 가장 즐겁다고 하는 걸 보면 아이는 정말 진심인 것 같다. 겨우 열 살이니 꿈이야 언제든 바뀔 수 있다는 건 알고 있지만, 만약 아이가 계속 그림을 그리겠다고 하면 어떤 말을 해주는 게 좋을지 가끔 생각해보게 된다.

한번은 남편이 그림을 그리고 있는 아이에게 이런 얘기를 했다.

"다른 직업을 갖고 웹툰을 그리는 작가들도 있어. 직장에 다니면서 취미로 그림을 그리는 거지."

투잡을 하는 작가들 이야기를 하려는 남편의 의도를 알아챈 나는 얼른 거들었다.

"엄마가 봤던 웹툰 알지? 〈내과 박원장〉 그거 그린 웹툰 작가도 의사 선생님이야."

꿈이 한 개일 필요는 없다고 말하는 부모의 속내에는 현실에 대한 걱정이 담겨 있다. 어떤 분야든 성공이 쉽지 않지만, 특히나 예술 쪽은 '배고픈 직업'이라는 말을 자주 들을 정도로 생계를 유지하기가 만만치 않은 분야다. 매년 수많은 지망생이 뛰어드는 웹툰 시장은 이런 경향이 더 심해서, 억대 수입을 버는 스타 작가는 극소수이고 법정 최저임금에도 못 미치는 소득으로 생활하는 작가가 훨씬 많다고 한다. 그래서 어떤 이들은 웹툰 작가로 성공할 확률에 대해 이렇게 말한다.

"아이돌 준비생이 방탄소년단이 될 확률 아닐까요?"

이러니 냉정한 현실에서 고군분투해본 어른들은 부푼 꿈을 안고 있는 아이들에게 조심스레 말한다.

"좋아하는 일과 잘하는 일은 다른 거야."

더 나아가 이런 말을 하기도 한다.

"잘하는 일과 할 수 있는 일도 달라."

아직 어린이들이 이해하기에는 어려운 말들. 꿈과 현실 사이에서 어린이들은 어떤 답을 찾을 수 있을까.

어린이 소설『플레이 볼』(이현 글)의 주인공인 6학년 야구 선수 동구도 꿈과 현실 사이에서 성장하는 중이다. 그저 재미있고 좋아서 야구를 했는데, 중학교에 갈 나이가 되자 동구의 상황이 달라졌다. 아빠부터 자꾸 동구에게 이상한 질문만 한다. 전국의 야구 선수가 몇 명인지, 고등학교 야구부는 몇 개인지, 고등학교 야구 선수는 얼마나 되는지, 그중 1군에서 주전으로 뛰는 선수가 몇 명인지. 아빠는 결국 동구에게 이런 말을 하고 싶었던 거였다. 초등학교 야구 선수 중에서 프로야구 1군 주전 선수가 될 확률은 0.1퍼센트도 안 된다는 이야기. 그건 기적에 가까운 숫자라는 말. 그래서 어쩌라는 건가. 최선을 다하지 말라는 건가. 그래도 야구가 좋다고, 하고 싶다고 말하는 동구에게 아빠는 찬물을 끼얹듯 냉정한 조언을 던진다.

"열심히 한다고 누구나 최고가 되는 건 아니야."

노력만으로 이룰 수 없는 일이 세상에는 많다는 걸, 꿈만 꾸면서 살 수 없다는 걸 아빠는 아들에게 한시라도 빨리 알려주고 싶었을 거다.

엄마의 태도는 아빠와 정반대다. 야구팬인 엄마는 언제나 동구에게 "된다! 된다! 된다!"를 외치며 "안 되면 될 때까지 하면 된다"고 말했다. 그 말도 동구는 부담스럽다. 그럼, 만약 안 되면, 열심히 안 한, 끝까지 안 한, 못난 동구 탓이라는 얘기처럼 들린다.

이전의 동구는 자신이 야구를 얼마나 좋아하는지만 생각했다. 지금의 동구는 자신이 야구를 얼마나 잘할 수 있을지, 언제까지 할 수 있을지에 대해 생각해야 한다. 그렇게 생각하며 주변을 둘러보니 나보다 잘하는 친구들이 눈에 띈다. 타고난 감각으로 몸이 알아서 작전을 읽고, 자신보다 더 빨리 배워 앞으로 나아가는 선수들. 좋아하는 게 다가 아니라는 말을 이해할 수 있게 되자 오히려 동구의 실력은 곤두박질친다. 미래에 대한 불안과 흔들리는 자신감에 휘둘리니 이제는 야구가 두렵다. 동구는 처음으로 경기를 앞두고 도망친다.

동구의 일탈은 보고 싶은 것만 보던 나 중심의 세계에서 빠져나와 현실의 세계를 인식하며 나아갈 곳을 찾는 성장의 계기가 된다. 말없이 팀을 나와 동구가 달려간 곳은 사직구장(롯데 자이언츠의 홈구장. 동구는 롯데의 오랜 팬이다)이다. 그곳에 올해도 어김없이 걸려 있는 'V3(롯데 자이언츠는 1984년과 1992년에 우승한 뒤로 한 번도 우승하지 못했다. 그래서 이번엔 꼭 세 번째 우승을 거두겠다는 의미로 'V3'란 글자를 새긴 현수막을 항상 건다)' 현수막을 보면서 동구는 새로운 진실 하나를 깨닫는다. 팬들이 롯데 자이언츠의 승패에 때로는 기뻐하고 때로는 화를 내면서도 마침내는 선수들에게 박수와 뜨거운 응원을 보내는 이유. 그건 결코 이기기 때문이 아니었다. 잘 못하고 지고 비참하고 괴로워도 그들은 다시 운동장에 섰다. 그토록 좋아하는 최동원 선수도 야구를 못해서 힘든 날이 분명 있었을 거라는 걸 깨달으며 동구는 생각한다. "내내 잘하고 이기는" 야구란 있을 수 없다는 것을. 텅 빈 운동장에서 야구를 새로 배운 동구는 늦었지만 자신의 경기를 마무리하기 위해 달려간다.

뻔한 예상대로라면 동구는 시련을 견디고 깨달음을 얻어 최고의 유망주들이 가는 중학교에 진학하는 게 맞을 것 같다. 그러나 『플레이 볼』의 미덕은 다른 데 있다. 엄마의 권유에도 동구는 고개를 젓는다. 선발이 될지 안 될지도 알 수 없지만, 가서 잘할 자신이 없었다. 대신 동구는 여전히 이것을 바랐다.

"나는 즐겁게 야구를 하고 싶다."

동구는 나중에 다른 중학교 야구부 감독의 연락을 받는다. 동구가 도망쳤다 다시 돌아와 지고 있는 팀의 경기를 묵묵하게 마무리하던 모습을 좋게 본 감독이었다. 감독은 3할대의 강타자도 열 번 중 세 번밖에 공을 못 치는 게 야구라고, 그래서 야구는 지는 법을 잘 알아야 하는 거라고 말한다. 감독은 동구에게서 그것을 본 것이다.

동구의 절친, 푸른이 이야기도 꼭 하고 싶다. 야구를 진짜 진짜 좋아하지만, 좋아해서 정말 정말 잘하고 싶지만, 잘하는 선수들의 반도 쫓아갈 수 없는 재능의 한계에 부딪힌 푸른이. 결국 푸른이는 팀을 나간다. 여기서 반전. 그렇다고 푸른이가 그렇게 좋아하는 야구를 그만둔 것은 아니었다. 푸른이는 일반인 야구팀에 들어가 주말마다 야구를 계속한다. 거기서 푸른이의 별명은 '홈런왕'이다.

> "나는 야구를 잘 못하는 야구 선수는 싫다. 그냥 야구 잘하는 일반인이 될란다. 난중에 돈 많이 벌어가지고, 사직구장 스카이 박스를 통째로 빌릴 끼다. 아, 구단을 하나 채리 삐까?"

푸른이의 해맑은 넉살을 보면서 생각한다. 인생이란 여행은 목적지보다 방향이 더 중요한 것일지 모른다고. 원하는 목표에 다다를 수 있을지 없을지 우리는 "알 길이 없다(동구가 알려준, 메이저리그 구단 세인트루이스 카디널스의 투수였던 호아킨 안두하르가 야구에 대해 남긴 딱 한 마디)". 삶은 나의 의지만으로 굴러가는 것이 아니라는 걸 살아보면 누구나 절감한다. 하지만 어느 방향으로 어떻게 갈 것인지 그것만큼은 우리가 정할 수 있다. 내가 원하는 것을 나만의 방식으로 사랑하려는 마음은 지킬 수 있는 거다. "어떻게"라고 묻는다면 동구의 말을 빌려 자신 있게 말하고 싶다.

　　언제나 즐겁게.

몰라도
돼요

"할머니가요, 저보고 말 좀 그만하래요. 가만히 있는 게 도와주는 거래요."

거실을 오가다 TV에서 들려오는 아홉 살 어린이의 말에 얼른 고개를 돌렸다. 우리 집 어린이는 한 살 어린 동생의 토로를 들었을까. 열심히 딴짓 중인 걸 보니 다행히 못 들은 모양이다. 만약 들었다면 분명 이렇게 말했겠지.

"어른들은 다 똑같아. 맨날 조용히 하고 맨날 그만 말하래."

아이에게 밥 먹듯이 입장 바꿔 생각하라고 말하는 어른 중 한 사람으로서 양심에 부끄럽지 않기 위하여 한번 생각해본다. 아이들이라고 어른들에게 그런 말을 하고 싶을 때가 없을까.

　　가슴에 손을 얹고 생각하니 제일 먼저 떠오르는 그림책 한 권.

　　『파도가 차르르』(맷 마이어스 글 그림)의 주인공 제이미는 끝도 없이 이어지는 코발트 빛 바다 앞 모래사장에서 무언가를 만드느라 열중해 있다. 작은 손으로 열심히 모래를 다독다독 쌓아 올려도 보고, 모래를 파서 물길도 만들어보고, 이것저것 해보는 제이미의 표정은 예술가가 된 것처럼 신중하다. 그 모습을 보고 지나가는 어른들이 감탄사와 질문이 담긴 한마디씩을 던진다.

　　어, 그런데 이상하다. 어른들이 "예쁘다" "그게 뭐니?" 등등의 별다른 뜻 없는 말을 툭 던지고 갈 때마다 어쩐지 제이미의 볼이 살짝 부어오르는 것 같다. 불똥은 다른 데로 튄다. 그걸 해서 뭘 할 거냐는 동생의 질문까지 이어지자 제이미가 마음을 뾰족하게 드러낸 거다.

　　　"몰라도 돼."

　　그 말은 제이미의 공간에 불쑥 끼어든 어른들에게 하고 싶은 말은 아니었을까. 어른들에게 나쁜 의도가 있었을 리는 없다. 그저 귀여워서, 가벼운 응원을 해주고 싶어서, 바다 풍경에 기분이 좋아서 아이에게 말을 건넸을 것이다. 나름 열중해 있던 제이미에겐 그 말들이 방해가 되었을 수 있다. 집중할 만하면 와서 툭 던지고 가는 어른들의 말 때문에 자신만의 세계가 물거품처럼 퐁퐁 터지는 기분일 수도 있었을 테니. 그래서 제이미는 바다가 좋다. 바다는 여러 가지 이야기를 들려주지만, 아무것도 묻지 않으니까.

제이미의 곁에 한 어른이 또 다가온다. 이번엔 이것저것 잔뜩 들고 온 할머니다. 이 할머니는 내게 또 무슨 말을 하려나, 제이미가 슬쩍 쳐다보는데, 웬걸, 할머니는 이전의 어른과 좀 달라 보인다. 자신을 쳐다보는 아이에게 미소만 지을 뿐, 아무것도 묻지 않고 조용히 이젤을 세워 캔버스를 올려놓고 바다를 바라본다. 제이미는 할머니가 마음에 들어 뭘 그리냐고 먼저 말을 건네는데, 아직 잘 모르겠다는 할머니의 대답도 마음에 꼭 든다. 할머니는 제이미의 곁에서 조용히 자신만의 세계에 열중한다. 제이미는 이제야 마음이 편안하다. 절로 콧노래가 나온다.

아이들은 날마다 새로운 세상을 짓고 또 짓는다. 그 안에서 상상의 세계를 유영하는 아이들의 표정은 언제나 진지하지만, 그 모습을 바라보는 어른의 태도가 항상 사려 깊은 건 아닌 것 같다.

　"그림 그리는 거야? 어, 또 해골이네. 이런 무시무시한 거 말고 좀 예쁜 거 그리면 안 돼?"

　"맨날 똑같은 거 그리지 말고 오늘은 강아지 한번 그려봐."

　"할아버지한테 초상화 부탁받은 것도 있는데, 그거는 언제 그릴 거야?"

　아이는 그림을 그릴 때마다 종종 엄마 아빠의 간섭에 시달린다. 우리의 참견을 무던히 견뎌주던 아이는, 어느 날 참지 못하고 한마디를 했다.

　"엄마, 팀 버튼 감독 전시회에 갔을 때 엄마도 봤잖아. 팀 버튼 감독도 나처럼 어릴 때 계속 괴물만 그렸어. 그래도 그렇게 훌륭한 감독이 됐잖아. 나도 해골이건 괴물이건 게임 캐릭터건 내가 그리고 싶은 거 맘껏 그리게 해줘."

　틀린 말을 찾을 수 없어 아무 말도 하지 못했다.

　아이들에게 어른의 관심이 필요하다는 건 알고 있지만, 그것이 아이가 원하는 방식인가에 대해 제대로 고민해본 적이 없기 때문일까. 눈치 없는 관심을 보였다가 아이의 원성을 산 적은 또 있다. 한껏 상상한 세계에서 주인공이 되었다가 상대역이 되었다가 열심히 상황극을 펼치며 노는 아이를 신기한 듯 빤히 보다가 피식 웃어버렸던 거다. 놀이의 절정을 방해받은 아이는 물론 나를 원망했다.

"아, 좀, 보지 말라고. 나 좀 놔두라고!"

매주 담임선생님이 내주는 주제 글쓰기를 할 때는 나름 작가 엄마라고 어쭙잖은 훈수를 두려고 해서 아이를 정색하게 만든다.

"엄마, 내가 쓰고 싶은 대로 쓸 거야. 이거 내 숙제잖아. 내 거라고. 아무것도 말해주지 마."

어른들이 아이들의 세상에 툭툭 끼어드는 건 그들의 세상을 작고 가볍고 만만하게 보기 때문은 아닐까. 사실 어린이를 조금만 주의 깊게 관찰하면 그런 마음을 먹었던 게 부끄러워진다. 놀이에 빠져 또 다른 세상에 가 있는 아이 이마의 송골송골한 땀방울을 보거나, 그림이나 만들기에 열중해 뜨끈해진 아이의 얼굴을 만지는 순간 누구나 알 수 있으니까. 아이들은 그 순간 누구보다 진심이라는 걸 말이다.

아이들이 공들여 만든 세상에 눈치 없이 들어가 무례한 훼방을 놓지 않으려면 매너가 필요하다. 골똘히 집중해 만들어낸 그들만의 세계를 인정하고 존중하는 마음. 누구나 자신만의 세계를 구축하기 위해 애쓰고 있다는 사실에 대한 명심. 타인에게 원하지 않는 조언을 하는 대신 나만의 세계에 집중하는 센스. 그 점들을 기억할 수 있어야 언젠가 아이

마음의 방문 앞에 '출입 금지, 질문 사양, 방문 사절'이라는 팻말이 붙지 않을 수 있다. 자신의 세계를 사려 깊게 존중받은 경험은 언젠가 아이가 타인을 이해하고 배려하는 바탕이 될 것이다.

　남녀노소를 불문하고 서로의 세계를 가벼이 여기지 않는 태도가 하나의 문화로 정착되면 좋겠다. 그러면 명절이 찾아올 때마다 "시험 준비는 잘 되고?" "취직은 언제 하니?" "결혼은 왜 안 하는데?" "아이는 언제 가질 생각이야?" "집은 언제 사?" 같은 불편한 관심이 섞인 질문을 주고받다가 얼굴 붉힐 일도 줄지 않을까.

　그래서 요즘 다시 생각해보는 나의 장래 희망 중 하나는 이런 것이다.

　말보다 행동으로 이야기를 들려주는 사람.

　누군가 이야기할 때까지 가만히 들어주되 앞서서 질문하지 않는 사람.

　파도처럼 차르르 밀려왔다 스르르 물러갈 때를 아는 사람.

괴물에게 하는
엄마의 부탁

"이 괴물 딱지 같은 녀석!"

집 안을 난장판으로 만든 것도 모자라 강아지까지 쫓아다니며 괴롭히는 맥스를 향해 엄마가 소리쳤다. 맥스의 기세도 만만치 않다. 엄마에게 굴복할 생각이 조금도 없는 맥스의 반격.

"그럼, 내가 엄마를 잡아먹어버릴 거야!"
— 모리스 샌닥, 『괴물들이 사는 나라』

40년 넘게 사랑받는 그림책의 한 장면이다. 감히 확신하건대, 이 책에 열광하는 다섯 살에서 여덟 살 정도의 아이가 있는 집에서 이 비슷한 장면은 흔하게 연출될 것이다. 열 살의 어린이가 있는 우리 집도 상황이 크게 다르지는 않다.

　"엄마가 없어졌으면 좋겠어요."

　우리 집 어린이는 며칠 전, 미술 학원 원장님께 이런 말을 했다고 실토했다. 그날, 아이는 내게 이런 문자도 보냈었다.

　"다시는 귀엽고 밝은 아들 원하지 마."

　아이는 그 문자를 보내기 전 엄마에게 된통 혼이 났었다. 다음 날 있을 시험 과목 교과서를 학교에 놓고 온 탓이었다. 아이에게 곧 미술 학원에 갈 시간이니 얼른 학교로 돌아가 교과서를 가져오라고 했다. 부주의에 대한 수습과 책임에 대해 가르치고 싶었다. 바깥은 낮인데도 영하의 날씨였다. 추위를 뚫고 겨우 집에 왔는데 다시 나가라는 게 매정하게 느껴진다는 걸 모르지 않았지만, 끝까지 단호하게(……라고 쓰고 소리를 질렀다고 고백한다) 빨리 다녀오라고 말했다. 엄마의 강경한 태도를 이길 수 없었던 아이는 억지로 집을 나섰다. 그 와중에 친구들을 만나면 창피하다며 잘 다니지 않는 길로 돌아서 학교에 가느라 시간이 배로 걸렸다. 돌아오는 길에는 교과서에 꽂혀 있던 학습 카드가 우수수 떨어져 바람에 날리는 소동도 있었다. 날은 춥지, 손은 시리지, 카드는 안 집어지지, 점점 더 올라오는 분노와 짜증을 어쩌지 못하고 있을 때 엄마에게 전화가 왔고 아이는 받지 않았다. 10분 정도 지나고 나서야 핸드폰을 받은 아이는 볼멘 목소리로, 집에 가지 않고 바로 학원으로 가겠다며 전화를 끊었다. 그러고는 내게 뜨악한 문자를 보낸 것이다.

괴물이 되어 "엄마를 잡아먹어버릴 거야" 하고 말한 그림책 속 동생처럼 화가 단단히 났지만, 아이는 이제 그런 말은 하지 않는다. 열 살이면 그런 걸 유치하다고 말할 나이니까. 대신 아이는 엄마가 가장 싫어하는 괴물을 찾아냈다. 더는 웃지도 까불지도 않는, 전혀 사랑스럽지 않은 아이. 그거면 엄마도 반성하겠지, 했을 것이다. 그런데 엄마의 반응이 영 신통치 않다. 소리 지른 건 미안하지만 네 잘못이 어쩌고저쩌고…… 마음에 들지 않는 말들만 주절주절. 엄마가 싫어하는 어둡고 칙칙한 괴물로 변신한 아이는 반전을 노리며 회심의 공격을 했다.

"나 집에 안 들어갈 거야."

반쪽으로 쪼개진 하트도 우르르. 그래도 꿈쩍하지 않는 엄마. 상황의 변화가 없자 아이는 방향을 살짝 틀었다.

"내 계획이 다 망했어. 엄마와 같이 행복하게 월드컵 축구 보려고 했는데. 공부도 적어서 빨리 끝내고 엄마랑 놀고 싶었는데. 망했어. 전부 망했어."

자신이 사랑하는 엄마와 어떤 시간을 보내고 싶었는지

지금 얼마나 속상한지 알면 져주겠지, 하는 마음이었겠지만, 나는 기대에 부응하는 답장을 보내주지 않았다. 수많은 육아 책에서 아이의 긍정적인 의도를 먼저 읽어주고 아이의 마음을 인정해주라고 조언을 한다. 그러나 육아는 교과서대로 흘러가지 않는 법이다……라고 말하면 많은 육아 전문가 선생님이 싫어할까. 아무튼, 이번에도 감정 조절에 실패한 엄마는 아이와 별다를 것 없는 수준의 문자 메시지를 날렸다.

"이제 네 일은 다 네가 알아서 해! 엄마한테 아무것도 바라지 마!"

아이와 나의 한바탕은 어떻게 끝났을까. 궁금한 분들을 위해 앞에서 소개한 『괴물들이 사는 나라』이야기로 잠깐 돌아가자. 엄마를 잡아먹어버릴 거라고 반항하던 맥스에게 엄마는 극약 처방을 내린다. 저녁밥도 안 주고 방에 들여보낸 뒤 방문을 닫아버린 거다. 방 안에 홀로 남겨진 맥스가 할 일은 이제 하나뿐이다. 상상. 방은 곧 나무와 풀로 뒤덮이더니 거대하고 신비로운 초록의 세상이 된다. 거기서 '맥스호'를 타고 1년쯤 항해한 끝에 도착한 괴물 나라. 이곳엔 무서운 이빨을 보이며 무서운 소리로 을러대는 괴물들이 가득하다. 하지만 맥스에게 그깟 괴물쯤은 아무것도 아니다. 엄마에게 배운 한 수는 이럴 때 쓰라고 있는 것이니까.

"조용히 해!"

맥스는 간단하게 괴물들을 제압하고 그들의 왕이 되어 제대로 괴물 소동을 즐긴다. 그런데 이상하다. 처음엔 내 맘대로 뭐든 할 수 있는 여기서 평생 살 것 같은 마음이었는데, 슬슬 지겨워지더니 다시 돌아가고 싶은 마음뿐이다. 그때, 떠나온 세계 저편 어딘가에서 풍겨오는 맛있는 냄새. 맥스는 떠나지 말라고 으르렁대고 울부짖는 괴물들을 뒤로하고 따뜻한 저녁밥이 기다리는 자신의 방으로 돌아온다.

다시 내 얘기를 계속하자면, 우리 집 어린이도 맥스처럼 자신의 방에 있었다. 마지막 시위를 위해 침대가 아닌 방바닥에 누워 눈물을 흘리면서. 그사이 나는 저녁밥 대신 맛있다고 소문난 순대 트럭을 찾아가 순대를 사 가지고 돌아왔다. 중문을 열고 들어오니 아이가 문 앞 방바닥에 엎어져(마치 엄마가 보라는 듯) 울고 있었다. 아이를 일으켜 등을 토닥인 뒤 말했다.

"이제 그만하고 맛있는 순대 먹자."

몇 번 더 찡찡대던 아이는 한 번 더 안아달라고 말한 다음, 울어서 부은 눈을 하고 순대를 먹었다. 잠시 후 아이는 어느새 자신이 보낸 문자("다시는 귀엽고 밝은 아들 원하지

마”)를 싹 잊고 여느 때의 아이로 돌아와 다시 엄마를 안으며 말했다.

"언제 그랬냐는 듯 우리는 또 이렇게 행복해졌네."

그리고 아이는 그림을 그렸다. 무얼 그리는지는 보지 않아도 알 수 있다. 늘 그렇듯 '괴물'일 테니까.

예전에는 아이들이 왜 괴물을 그리는지 이해가 안 됐는데 이제는 조금 이해할 것도 같다. 아이들에게 어른은 이기고 싶지만 이길 수 없는 상대다. 덩치로도, 말로도, 위치로도 이길 수 없는. 나보다 강한 상대를 한 방에 쓰러뜨리는 통쾌함은 어린이로 사는 동안에는 쉽게 가질 수가 없다. 그러니 아이들은 괴물을 그리는지 모른다. 더 크고 더 세고 더 무서운 괴물을 그리며 상상 속에서나마 거대한 힘을 가진 존재가 되어 어른들을 물리치는 꿈을 꾸는 것이다.

아이가 요즘 자주 그리는 괴물은 인디 게임 〈언더테일〉의 주인공 '샌즈', 후드티를 입은 해골이다. 어떤 캐릭터인지 궁금해서 찾아보니 재치 있고 넉살 좋은 성격의 괴물이란다. '샌즈'를 그리면서 아이는 어떤 생각을 할까. 언젠가 자신의 '샌즈'가 엄마 괴물을 통쾌하게 무찌를 날을 상상할까. 아니면 엄마의 잔소리를 '샌즈'의 넉살로 한 방에 보내는 법을 연구할까.

아이의 속마음은 모르지만, 괴물을 그리고 또 그리며

자라는 사이에 아이도 알게 될 거라고 믿는다. 마음의 방에는 전혀 안 친해 보이는 사랑과 미움이 함께 살기도 한다는 것을. 나 또한 아이와 울고 웃는 하루하루를 보내면서 배우고 있다. 사랑이란 서로를 수없이 용서하는 마음과 다르지 않다는 것을.

아이가 쓱쓱 그리는 괴물이 점점 커지고 힘이 세지는 만큼 아이의 마음도 더 강하고 단단해지길 바란다. 그래서일까, 아이가 그린 '샌즈'를 보니 유난히 친근하게 느껴져 몰래 귓속말이 하고 싶어진다.

우리 아이를 잘 부탁해!

내가 만약 외로울 때면
누가 나를 위로해 주지

내가 가장 괴로울 때는 내가 내 마음에 들지 않을 때다.

— 신수현, 『빨강 연필』

　동화 속 어린 주인공이 이런 말을 할 만도 하다. 세상은 '비교비교병'에 걸리기 딱 좋게 굴러간다. SNS만 봐도 세상 사람들이 모두 나보다 부지런하고, 능력 있고, 행복한 것만 같다. '비교비교병'에서 자유로운 건, 존재 그 자체의 귀여움을 발산하며 밥만 잘 먹고 똥만 잘 싸도 기특하다며 박수와 환호를 받는 아주 어린 꼬꼬마들뿐일 것 같다. 그마저도 얼마 가지 못한다. 유아기를 지나 아동기에 들어서면 자의식이 생기며 자신을 탐구하기 시작하는데, 이때 아이들은 보통 성장통을 앓는다. 세상의 중심이 나에게서 세계로 점차 옮겨가면, 나보다 잘난 친구들의 면면이 눈에 들어오면서 꼬꼬마 시절에는 몰랐던 나의 단점을 들여다보는 괴로운 시간이 찾아온다. 어느 때는 부모가 원하는 나와 내가 원하는 나의 차이에 당황한다. 나뭇잎만 뒤집혀도 웃던 아기는 훌쩍 자라 가끔 우울한 표정을 짓는 아이가 되어 고민한다. 나는 왜 이렇게 생겼을까. 나는 왜 이것밖에 안 되는 걸까.

얼마 전에는 아이가 이런 얘기를 전해주었다. 잘 웃고 장난도 잘 치던 친구가 갑자기 침울한 목소리로 이렇게 말했다는 거다.

"난 완벽하지 않아."

이유를 물었더니 친구는 아이에게 자신의 귀를 보여주었다. 친구는 선천적으로 갈라진 귓불을 갖고 있었다. 친구의 귀를 본 아이는 잠시 고민하다가 친구에게 이렇게 대답해주었다고 한다.

"괜찮아. 나는 귀가 짝짝이야."

학교에서는 줄넘기 대회를 하고 상을 받지 못한 친구가 책상에 엎드려 우는 일이 있었다. 아이는 이번에도 나름의 위로를 건넸다.

"너는 그림을 잘 그리잖아. 한 번 사는 인생, 좋아하는 것만 잘하면 돼."

아이는 벌써 알고 있는 걸까. 친구란 서로의 가장 아픈 부분을 어루만져주는 존재라는 걸 말이다.

이제는 키즈 무비의 고전이 된 영화 〈스탠 바이 미〉에도 아이보다 조금 큰 열두 살 형님들이 나름 심각하게 자신의 고민을 나누는 이야기가 나온다. 글 쓰는 걸 좋아하는 섬세한 성격의 주인공 고디는 타고난 리더십으로 아이들을 이끄는 친구 크리스에게 묻는다.

"내가 이상하니?"

"그래."

"농담 말고, 내가 진짜 이상해?"

장난을 치려던 크리스는 고디의 진지한 눈을 들여다보다 이렇게 말해준다.

"그게 어때서, 다들 이상하잖아."

시무룩하던 고디의 표정은 그제야 생기를 찾는다.

누구나 한 번쯤 고디 같은 생각을 하며 자란다. 아직 나에 대한 중심이 잡히지 않은 시기이기에 아이들은 종종 흔들린다. 그럴 때 나만 그런 게 아니라는 사실만 알아도 그 시간을 버티는 일이 좀 쉬워진다. 나는 나와 너무 가까워 내가 가진 것들이 내게는 잘 보이지 않는다. 어린 시절엔 더욱 그렇다. 어떤 친구들은 내가 보지 못하거나 가벼이 여기는 나의 능력을 기꺼이 알아봐준다. 글 쓰는 재주가 있으면서도 그걸 자랑스러워하기보다 부끄러워하는 고디에게 성숙한 친구 크리스도 이런 말을 해준다.

"그건 하느님이 주신 능력이야. 네가 쓴 글들을 모두 널 위해 준비하셨지만 봐주는 사람이 없으면 재능을 잃고 말아. 네 부모가 못 돌봐준다면 나라도 해야겠어."

사실 크리스의 상황도 좋지 않았다. 알코올 중독 아버지를 둔 크리스는 이 작은 마을을 벗어나는 게 꿈이다. 현실은 중학교라도 제대로 갈 수 있을지 알 수 없는 상황. 어쩐지 불량배 패거리와 어울려 다니는 형이 자신의 미래인 것만 같다. 크리스는 체념이 담긴 쓸쓸한 눈으로 고디에게 이렇게 말하기도 한다.

"난 이 마을을 못 벗어날 거야, 그렇지?"

크리스의 아픔과 고민을 아는 고디는 친구의 눈을 똑바로 응시하며 말해준다.

"아니, 넌 뭐든지 할 수 있어."

앞에서 소개한 두 장면은 어른이 된 고디의 회상이다. 그가 열두 살 이후로 뿔뿔이 흩어져 각자의 인생을 살아가고 있던 친구들을 다시 떠올린 건 신문에 난 기사 때문이었다. 비참한 사고로 세상을 떠난 젊은 변호사에 관한 기사였다. 신문을 자세히 들여다보던 고디는 놀란다. 그 변호사가 바로 크리스였기 때문이다. 작은 마을을 못 떠날 거라고 절망하던 열두 살의 크리스는 가족의 반대를 무릅쓰고 마을을 벗어나 중학교에 입학해 공부를 이어갔고 변호사가 되었다. 비록 비극적인 죽음을 맞이했지만, 고디의 말대로 크리스는 더 큰 세상으로 나아가 자신만의 성취를 이뤄냈다. 고디는 크리스의 죽음과 함께 잊고 있던 어린 시절을 추억하며 글을 쓴다. 크리스의 말대로 고디는 작가가 된 것이다.

어릴 때는 이 영화가 그저 사춘기 소년들의 좌충우돌 모험담인 줄만 알았는데, 어른이 되어 보니 '외롭고 괴로운 순간에 내 곁에 있어준 친구'에 대한 헌사로 다가온다.

어쩌면 지금의 나란 사람은 나만이 만들어낸 게 아닐 것이다. 지금까지 나를 거쳐 간 사람들의 관심과 인정과 공감과 사랑과 위로가 어딘가에 차곡차곡 쌓여 지금의 내가 되었을 테니. 그런 생각을 하면 지겹게 나를 따라다니는 외로움이 조금은 물리쳐진다. 그러면 항상, 다시 누군가의 친구가 되고 싶어진다.

우리는 누구나 3억 대 1 경쟁률의
최종 우승자

참 좋을 때지. 어른들이 해맑게 뛰어노는 아이들을 볼 때면 아무렇지 않게 하는 이 말을 요즘 나는 쉽게 하지 못하겠다. 우리 집 어린이를 통해 익히 알게 된 사실이 하나 있기 때문이다. 아이들의 세상이라고 해서 절대 맑은 날만 계속되지는 않는다는 것.

"오늘도 힘들었어."

언젠가 학교에서 돌아온 아이가 가방을 툭 내려놓으며 한숨처럼 하는 말에 "왜?" 하고 물었더니 생각보다 짧은 답이 돌아왔다.

"놀리니까."

키가 작은 것, 달리기가 느린 것, 받아쓰기를 틀린 것, 잘

우는 것, 아토피가 있는 것, 살이 찐 것, 이름이 특이한 것, 피부가 검은 것, 얼굴이 하얀 것, 그 어떤 것도 아이들에겐 놀림과 공격의 대상이 될 수 있다. 어떤 날은 노란색 티셔츠에 청바지를 꺼내 줬더니, 그렇게 입으면 '미니언즈'라고 놀림당한다며 고개를 저었다. 이 정도는 귀여워서 '풋' 하고 웃고 말지만, 어떤 때는 '헉' 하게 만드는 말도 듣는다.

"내가 정말 싫어하는 애가 있는데, 있지, 걔 뒤통수가 네 뒤통수랑 정말 똑같이 생겼어."

어떻게 친구가 이런 말을 자기에게 할 수 있냐며 씩씩거리는 아이를 봤을 때, 전에 읽은 동화 속 장면을 생각했다. 동화『또 잘못 뽑은 반장』(이은재 글)의 수린이는 친구 마가희 때문에 늘 마음을 다친다. 마가희는 친구들이 여럿 있을 때는 티를 안 내다가 수린이와 둘만 있으면 속을 팍팍 긁는 말을 아무렇지 않게 던지기 때문이다.

"수린아, 넌 꼭 물이나 그림자 같아. 밟아도 꿈틀대지 않는 굼벵이 같기도 하고, 넌 대체 무슨 생각으로 그렇게 재미없게 사니?"

어린이의 세상도 만만치가 않다. 어쩌면 우리가 잊고 있었을 뿐.

그래픽 노블『내 인생 첫 캠프』(베라 브로스골 글 그림)에서 주인공 베라가 엄마에게 쓴 편지에 나오는 상황은 어린이의 고난 종합 세트라고 할 만한데, 잘 떠올려보면 누구나 한 번씩 겪었을 법한 일들이다.

> "여기 있는 애들, 나한테 얼마나 못되게 구는지 몰라. 내 앞에서 단걸 먹으면서 나한텐 한 입도 안 줘. (……) 그리고 나한테 별별 이상한 별명을 다 붙였어. 어젯밤 카스쵸르 모임에서 심지어 어떤 여자애는 나한테 욕까지 했다니까. 러시아 억양도 완벽하면서 일부러 더듬거린다고. 내가 일부러 그러는 게 아니라고 하니까 나더러 뻥쟁이래. 하마터면 마흔다섯 명이나 있는 앞에서 울 뻔했어. 간신히 참긴 했지. 근데 숲에서 야영할 때는 결국 울고 말았어."

소아청소년정신건강의학과 의사들이 쓴 책(『아이들이 사회를 만날 때』)을 보다가 아이들의 세계에서 일어나는 이런 일들이 아이들이 가진 공격성 때문이라는 걸 알게 됐다. 비디오 카메라와 원격 마이크를 이용해 운동장에서 놀고 있는 초등학교 저학년 아동들의 상호작용을 관찰했더니, 놀리고 살짝 밀치고 놀이를 방해하는 행동들이 이어졌다. 어른들이 눈치채지 못할 정도로 아주 미묘하게. 심지어 전혀 공격적이지 않다고 여겼던 아동도 11분에 한 번씩 상대 아동을 공격했다고 하니(공격적인 아이들은 8분에 한 번), 아이들의 세계는 어른들이 생각하는 것처럼 맑고 순수한 동심만이 가득한 단순한 세계라기보다 때로 야생의 정글에서 볼 수 있는 치열한 공격과 방어가 혼재하는 복잡한 세계라고 할 수 있다.

　아동기는 감정을 발생시키는 뇌의 한 부분인 변연계의 발달에 비해 이를 통제하는 전두엽이 덜 발달하는 시기라 감정적으로 미숙할 수밖에 없다. 어린이들이 늘 다투고 크고 작은 사건을 일으키는 건 당연하다. 세상은 무균실이 아니기에, 아이들은 공격과 피해를 주고받고 상처 주고 상처받으면서 마음의 면역력을 키우며 인간과 삶에 대해 배워나간다. 그것을 지켜보는 보호자의 입장은 늘 좌불안석이지만 그런 어른을 다시 안심시키는 것도 어린이다.

　얼마 전, 태권도장에 갔던 아이가 얼굴이 벌게져서 집으로 돌아와 울음을 터뜨렸다. 태권도가 끝날 즈음, 그 수업을 마지막으로 도장을 떠나는 사범님과 아이들이 한 명씩 순서대로 사진을 찍는 시간을 가졌는데, 제 순서가 아닌 순간에 끼어들어 방해하는 형이 있었던 모양이다. 아이의 차례, 사범님이 비키라고 해도 장난이 멈추지 않자 짜증이 난 아이가 저리 가라며 형의 등을 때리듯 밀었다. 동생에게 등짝을 한 대 얻어맞은 형은 자존심이 상했는지 도장을 나와 집으로 가지 않고 맞은편 킥보드 주차장에서 아이를 기다렸다. 아이가 나오자 형은 킥보드를 툭툭 치며 말했다. "너 좀 맞자!" 이어 둘의 말싸움이 시작됐다. 다행히 아직 가지 않았던 아이들이 도장을 빠져나오면서 둘의 실랑이는 끝났지만, 집으로 돌아온 아이는 무척이나 놀란 것 같았다. 잠시 후 이 상황을 알게 된 사범님의 중재로 형이 전화로 사과를 하겠다고 했다. 나는 아이에게 말했다.

"하지 말라고 해도 계속 장난을 치는 형한테 화도 나고 답답했겠지. 그렇다고 때려도 되는 건 아니야. 가볍게 치는 것도 안 돼. 형이 사과하면 너도 그건 사과해야 해."

아이는 고개를 끄덕였다. 잔뜩 긴장한 채로 핸드폰만 바라보던 아이가 전화를 받았다. 여보세요. 기다려도 아무 말이 없자 아이가 먼저 입을 열었다.

"형, 내가 때려서 미안해."

예상치 못한 아이의 앞선 사과에 당황한 사이, 형이 아주 작게 웅얼거리는 소리가 들렸다.

"아까…… 그렇게 말해서…… 미안해."

이어진 말에선 아까와 다르게 제법 목소리가 컸다.

"다음부터는 때리지 마. 말로 하자."

뭔가 이상하게 돌아가는 것 같았지만 일단 끼어들지 않고 지켜봤다.

"응. 형, 우리 앞으로는 싸우지 말고 친하게 지내자."

그러고는 전화를 끊었다. 짧고 어설픈 통화만 들었을 땐 두 학년이나 위인 형이 동생을 위협한 사실은 없고 동생이 형을 때린 잘못만 있는 것 같았다. 답답했던 나는 왜 먼저 사과를 했느냐고 아이를 다그쳤다. 친하게 지내자고 말할 때 목소리까지 살짝 떨리며 울컥했던 아이는 한결 편해진 얼굴로 내게 말했다.

"이게 편해. 착한 게 좋은 거야. 착하면 좋은 일이 생긴댔어."

아이는 형의 심플한(?) 사과만으로 마음을 쉽게 풀었다. 아니, 사과 전화를 하기로 했다는 말을 들었을 때부터 이미 그랬는지도 모르겠다. 진짜로 미안한 마음인지, 잘못을 정확히 인지하고 있는지, 사과하는 태도로써 옳았는지, 이렇게 말해놓고 나중에 딴소리하는 건 아닌지, 그런 마음 따위는 조금도 품지 않은 것 같았다. 그건 의심과 걱정으로 가득 차 부글부글하고 있는 내가 품고 있었다.

태풍이 지나가고 아이는 힘들었던 자신에게 보상이라도 하듯 열심히 좋아하는 것들을 하기 시작했다. 키득거리게 하는 만화를 찾아서 보고, 열중해서 그림을 그리고, 게임 삼매경에 빠지면서 최선을 다해 현재에 집중했다. 다음 날, 두 아이는 관장님께 태권도인의 자세와 마음가짐에 대한 적절하고 세심한 지도를 받으며 지난 상황에 대해 빠르게 이해하고 잘못을 수정했다. 행여나 앞으로 두 아이가 태권도장에서 마주칠 때마다 불편하면 어쩌나 하는 엄마의 마음은 기우였다. 잘못과 실수를 통해 또 하나를 배운 아이들은 감정의 앙금 없이 즐겁게 도장에 다니고 있다.

아이와 아이 주변에서 일어나는 일들을 지켜보다 보면, 놀림과 공격과 피해와 상처가 난무하는 어린이의 세계에서도 아이들이 여전히 웃을 수 있는 이유가 무엇인지 깨닫게 된다. 아이들은 어느 순간에 고착되지 않는다. 지나간 일은 잽싸게 묻고 언제나 빠르게 지금 이 순간으로 돌아온다. 그래야지만 재미있고 행복할 수 있으니까. 수시로 싸우고 상처받지만 수시로 화해하며 다시 웃는 어린이의 세계에서는, 그때는 그때고 지금은 지금이라 어제의 적이 오늘의 친구가 되는 일도 흔하다. 이것은 어른의 세계에서는 좀처럼 일어나지 않는 일들이다. 어른들의 "참 좋은 때지"라는 말에는 어린이의 이런 유연성과 회복력에 대한 부러움이 담겨 있는 건지도 모른다.

나는 이제 아이가 가끔 안고 오는 어떤 문제들에 예전처럼 오래 신경 쓰지 않으려고 한다. 아이들의 놀라운 자가치유 능력을 믿기 때문이다. 문제는 어른인 나다. 오늘을 살지 못하고 과거에 휘둘리며 일어나지도 않은 일을 걱정하느라 하루를 소진하는 나쁜 습관을 아직도 고치지 못하니, 날마다 사는 게 힘들다며 엄살을 핀다. 약해 빠진 못난 어른을 일으키는 데는 역시 어린이가 약인 걸까. 며칠 전 아침, 변기에 앉아 책을 보던 아이가 놀라운 사실을 발견했다며 잔뜩 흥분해서는 거실에 있는 내가 안 들릴까 봐 아주 큰 소리로 이렇게 말해주었다.

"엄마, 사람은 누구나 다 엄청나게 특별하고 강한 존재래. 3억 마리의 정자 중에서 가장 강하고 운이 좋은 정자가 난자와 만나서 수정이 돼서 우리가 태어난 거니까. 누구나 그렇대. 정말 대단하지?"

약하면서도 강한 어린이. 그들은 알까. 자신들이 때때로 어른을 훌륭하게 가르치고 있다는 것을.

어른을
미워해도 되나요?

"내가 가장 두려워하는 것."

아이의 글쓰기 숙제 제목을 본 순간, '에이, 설마' 했다. 내가 얼마나 다정하고 친절한데(아…… 아주 가끔이지만). 마음으로 강하게 도리질을 해도 어쩐지 엄습해오는 불길한 예감. 아이가 가장 두려워하는 것 1위에 떡 하니 쓰여 있는 네 글자.

"엄. 마. 보. 스."

아니, 왜, 내가 뭐 어쨌다고! 억울한 마음을 다잡고 괄호 속에 담긴 무서운 이유를 마저 읽었다.

"가끔은 친절하지만 내가 말을 안 들으면 분노의 화신이 되어 흑화된다."

웃어야 할지 울어야 할지 갈등하는 사이 더 센 문장이 눈에 들어왔다.

"솔직히 이 '괴물'의 대처 방법은 없다. 아주 '강력'하기 때문이다."

이게 다 엄마를 많이 사랑하기 때문인 거라고, 원래 사랑하는 사람이 세상에서 가장 무서운 거라며 아무렇지 않은 척을 하는데 왜 갑자기 머릿속에 그 소녀가 떠오르는 걸까. 괴물이 된 부모 앞에서 공포로 점철된 시간을 보내야 했던 소녀. 아버지 앞에만 서면 오금이 저리고 다리가 후들거린다고 말했던 모드 쥘리앵. 딸을 '초인'으로 만드는 것이 신성한 의무라고 믿는 아버지에 의해 세상과 단절된 채 강박적인 훈육과 무시무시한 공포 속에서 자라야 했던 소녀 모드의 이야기『완벽한 아이』는 소설이 아닌 실화다.

처음 이 책을 읽었을 때 어이가 없었다. 한참 어리광을 피우며 사랑받아야 할 어린아이에게 홀로코스트에 대비해 생존의 기술을 익혀야 한다며 "혹독한 교육법"을 강요하고, 오염된 인간들로부터 지키기 위해서라며 딸을 학교 근처에도 못 가게 하는 아버지라니. 21세기에도 이런 양육자가 있다는 것이 믿기지 않았다. 소녀는 그런 아버지가 당연히 무섭다. "거인 같은 몸집, 커다란 머리, 가늘고 긴 두 손, 강철도

뚫을 듯한 눈길을 가진 아버지"는 늘 강요하기 때문이다. 너는 나의 "원대한 계획"으로 태어났으니 너에게 맡긴 임무들을 어떻게든 완수해내라고. 소녀는 두렵다. "아버지의 계획만큼 해내지 못할까 봐." 소녀는 생각한다. 그 많은 임무를 완수하기에 자신은 "너무 허약하고 너무 서툴고 너무 어리석다"고.

책을 읽는 내내 광인에 가까운 소녀의 아버지를 열심히 욕하다 나도 모르게 이렇게 물었던 기억이 있다. 과연, 저 미친 아버지의 모습이 내게 단 하나도 없다고 자신 있게 말할 수 있을까. 내 아이를 나의 기준에서 '완벽한 아이'로 만들고 싶은 욕망이 없다고 할 수 있나. 내 허황된 욕망과 엄격한 잣대로 아이를 두려움에 떨게 한 적이 단 한 번도 없었을까. 서툴고 나약하고 부족할 수밖에 없는 아이를 다그치고 몰아세운 적이 과연 없었을까. 소녀의 아버지처럼 내가 하는 모든 일이 다 아이를 위한 거라는 헛된 믿음에 빠진 적이 없다고 자신할 수 있을까.

아이에게 부모는 하나의 산이다. 거대한 산. 처음에 아이는 감히 그 산을 넘을 생각을 하지 못한다. 산이 만들어준 그늘과 비바람을 막아주는 숲에서 안온하게 지내는 게 당연하다고 생각하니까. 더구나 산은 늘 말하지 않나. 산 밖으로 나가면 위험해. 내가 하라는 것만 하는 게 너한테 좋아. 그러나 다리에 튼튼한 힘이 생기고 두 주먹에 불끈 힘이 들어갈 만큼 자라기 시작하면, 아이들의 내면에서 자라나는 욕망을 막을 수 없다. 이 산을 넘고 싶다. 이 산 너머에 무엇이 있는지, 어떤 세상이 있는지, 내가 무얼 할 수 있는지 알고 싶다. 아이는 크게 숨을 한 번 쉬고 산을 바라본다. 아이는 과연 그 산을 넘을 수 있을까. 언제나 시작은 외침으로부터다.

> "뭐가 나쁜 건데! 아빠는 아빠 마음대로 결정하면서 내가 좋아하는 건 왜 무조건 나쁜 거냐고! 왜 난 친구들과 싸우면 안 되는 건데. 왜 난 늘 사과만 하고 지내야 하는 건데, 왜!"
> — 최나미, 「장대비」, 『천사를 미워해도 되나요』

잘못된 신념과 광기에 가까운 집착만이 아이들을 고통스럽게 하는 건 아니다. 마을의 모든 사람이 존경해 마지않는 목사를 아버지로 둔 주인공 두규 또한 힘들어하고 있으니까. 두규는 엄마 아빠가 남들에게 훌륭한 사람일지 몰라도 자신에게 좋은 엄마 아빠인지는 잘 모르겠다. 두규는 사실 좀 겁이 난다. 자신의 부모처럼 훌륭한 사람이 되지 못할까 봐. 타인의 어려움에 기꺼이 나서고 항상 바른 생활을 하는 엄마 아빠에 걸맞은 아들이 되지 못할까 봐.

사실 두규는 엄마 아빠가 하는 일에 관심이 없다. 오히려 그런 모범적인 엄마 아빠 때문에 보는 피해가 만만치 않다. 친구들하고 혹시나 싸우게 되면 목사 아들이 그러면 되냐는 억울한 말이나 들어야 하니까. 두규의 속사정은 모른 채 언제나 먼저 친구들에게 사과부터 하라는 엄마 아빠가 두규는 밉다. 자신이 그렇게나 좋다는 만화를 그리는 걸 이해하기는커녕 한심하게 생각하는 것도 싫다. 두규가 생각하기에 부모님은 자신이 착한 아들이 되는 것에만 관심이 있는 것 같다. 그런 마음을 누른 채 혹여 인품 좋은 목사로 소문난 아빠의 평판에 흠이 갈까 착한 아들 노릇을 억지로 이어오던 두규는, 비 오는 어느 날 무작정 뛰어나가 동네에 있는 학강산을 향해 힘껏 소리친다.

"나는 엄마 아빠처럼 훌륭해지기 싫다고!"

빗소리를 뚫고 내지르는 두규의 외침은 내게 이렇게 들렸다. '난 엄마 아빠가 원하는 사람이 되기 싫다고!'

부모가 원하는 내가 아니라 내가 원하는 나를 향해 장대비를 뚫고 달리던 두규를 보며 『데미안』의 유명한 문장을 떠올리는 건 나뿐만은 아닐 것 같다.

"새는 알에서 나오려고 투쟁한다. 알은 세계다. 태어나려는 자는 하나의 세계를 깨뜨려야 한다."

이것은 아이들의 숙명이다. 결국, 이들은 어떻게든 하나의 거대한 산을 넘어 자신의 인생을 향해 나아갈 것이다. 앞서 소개한 『완벽한 아이』의 주인공 소녀 모드가 끝내 자신의 힘으로 일어서 부모의 품을 탈출해 세상 속으로 나아간 것처럼.

나는 엄마 아빠가 바라던 사람이 되었을까. 나 또한 부모의 바람과 욕망을 마주하며 미움과 체념과 반항과 용기와 두려움이 뒤섞인 감정을 안고 나의 세계로 건너갔다. 부모의 기대에 부응하지 못했다는 자책과 슬픔이 없었던 건 아니지만, 내 세계를 찾아가는 과정에서 인생을 배웠고 나만의 자유와 행복을 스스로 책임지는 게 어른이라는 것을 알게 됐다.

언젠가 아이도 내게 묻고 싶어질 때가 있을 것이다. 당신의 뜻과 기대를 넘어서 내가 원하는 길을 찾아 떠나도 되겠느냐고. 그때를 위해 준비한 나의 말은 이렇다.

"너와 너의 세계로 가는 길을 축복해. 네가 어디에 있든, 무엇을 하든, 우리는 항상 같은 자리에서 너를 응원할 거야."

4장

어린이는
다 알고 있다

어린이도
다 안다

　　어린이를 웃기는 일은 얼핏 쉬워 보인다. '똥' 이야기만
나와도 자지러지는 어린이를 생각하면 그렇다. 사실 어른은
똥 이야기가 막 웃기는 건 아니다. 그래도 아이가 웃으니까
가끔 똥 이야기 비슷한 것들을 짜내어 아이를 웃기려고 노
력할 때가 있다. 내 관심사가 아닌 아이의 관심사에 맞춰, 그
것도 웃기게 이야기를 짜내려면 신선한 아이디어와 농축된
에너지가 필요하다. 어린이를 웃기는 일은 생각보다 힘들다
는 말이다. 내가 웃기는 동화책에 열광하는 이유도 거기에
있다. 이런 책들은 엄마를 편하게 해준다. "이거 진짜 웃겨."
이 말 한마디면 아이가 책을 보니까. 그래서 나는 진형민 동
화 작가의 팬이다. 그의 책은 진짜 웃겨서 좋고, 어린이를 가

르치려는 시도가 요만큼도 없어서 더 좋다. 작가가 어린이에 빙의된 게 아닐까 싶을 정도로 어린이의 마음이 잘 보이는 것도 장점이다. 『소리 질러, 운동장』도 그랬다. 하지만 이 책에는 한 가지 단점이 있다. 책을 읽는 어른의 가슴을 정말이지 뜨끔하게 만든다는 것. 그것도 자주. 예를 들면 이런 장면이 그렇다.

꼰대로 소문난 야구부 감독님이 운동장 한쪽 구석에서 노는 아이들에게 야구부 훈련에 방해된다며 큰소리를 질러댈 때, 아이들은 "서로를 툭툭 치며 그만 가자는 신호"를 주고받는다. 왜냐, 아이들은 알고 있기 때문이다. 어른들은 처음에 뭔가 이유가 있어서 화를 내지만, 일단 화를 내기 시작하면 "브레이크가 고장 난 자동차"가 되어 "말도 안 되는 이유"를 대면서 "계속 화를 내고, 더 화를 내고, 점점 더 화를 내다가 아아아악 자기 혼자 폭발을 한 다음에야 겨우 끝이 난다"는 것을 말이다. 이 부분을 읽을 때는 솔직히 살짝 걱정했다. 이걸 우리 집 어린이가 읽으면 안 될 텐데. 보자마자, 엄마랑 똑같아, 할 텐데. 그것마저도 편견이었다. 어린이는 생각보다 마음이 넓어서 감독님이 엄마 판박이인 걸 모르지 않았을 텐데도 전혀 엄마를 무안 주지 않고 즐겁게 낄낄대기만 했으니까.

어른의 마음을 훤하게 읽고 있는 어린이 때문에 찔리는 장면은 이것 말고도 많은데 그중에는 내가 아이로 돌아간 것처럼, 맞아 맞아, 하고 격하게 고개를 끄덕인 장면도 있다.

원장님이 공희주 옆에 서 있는 김동해를 흘낏 보았다. 김동해가 얼른 고개 숙여 인사를 했다. 누군지는 모르지만 일단 했다. 어른들은 애들한테 인사받는 걸 중요하게 생각하기 때문에 웬만하면 인사를 하는 편이 낫다. 안 그랬다가는 자기도 모르게 버릇없는 애로 찍히기 십상이다.

왜 어른들은 '인사'에 그렇게 집착하는 것일까. 집에서도 학교에서도 어른만 보면 일단 인사부터 잘하라는 말을 9,999번쯤 들으면서 어린이는 어른이 된다. 어른들은 항상 어린이가 얼마나 인사를 잘하는지 눈을 크게 뜨고 쳐다본다. 어쩌다 인사를 놓치면 어떤 어른들은 수군거린다. 그 집 애가 인사성이 말이야. 어른들이 이렇다는 걸 어린이들은 이미 다 알고 있었던 거다. 어린이에게 때로 인사하는 일은 얼마나 부담이 됐을까. 내키지도 않고 부끄럽기도 한 마음을 뒤로한 채 어른의 비위를 맞추기 위해 고개를 숙였을 어린이들에게 다음부터는 꼭 먼저 인사를 해줘야지.

어른의 마음을 스캔하는 것 같은 어린이들 이야기는 이

게 다가 아니다. 야구부였던 주인공 동해가 바른말을 해서 야구부에서 쫓겨난 뒤 "막야구부"라는 것을 만들어 운동장에서 아이들과 재미있게 놀 때 감독님은 어깃장을 놓는다. 칠백 명이 넘는 아이들이 같이 쓰는 운동장이니, 운동장을 칠백몇 조각으로 나눈 뒤 그중 열아홉 조각만 쓰라는 말도 안 되는 지시를 한 거다. 열아홉 조각의 운동장이라니. 손바닥만 한 운동장에서 뭘 할 수 있겠는가. 여기서 물러날 수 없는 동해와 아이들은 운동장 칸을 넓히기 위해 다른 학생들의 동의를 얻으러 다니는데, 동해의 일 처리가 아이답지 않게 무척이나 꼼꼼하다. 그냥 말로 대충 허락을 받은 게 아니라 일일이 아이들의 이름을 공책에 적어둔다. 나중에 감독님이 요구할 때를 대비해 증거를 확보하려는 노력이었다. 동해는 알고 있었던 거다. 어른들은 아이들 말을 잘 안 믿는다는 것을.

그러고 보니 내가 아이에게 밥 먹듯이 하는 말이 있다.

"너 그 말 진짜야?"

"나중에 엄마가 다 확인해볼 거야."

역시 다 알고 있었어. 알면서도 다 참아주고 있었구나. 그런 생각을 하며 책을 읽자니 계속해서 여기저기가 뜨끔거린다. 어린이는 어른을 이렇게 잘 아는데 어른은 어린이에 대해 얼마나 알고 있을까.

얼마 전에 아이가 숙제로 낸 글쓰기 두 편을 보고 조금 놀랐다. 먼저 "30년 후 나의 아들딸에게"라는 제목으로 쓴 글을 간단히 소개하면 이렇다.

(⋯⋯) 나는 "행복하게만 살아줘"라고 말하고 싶다.

공부를 엄청 잘하는 아이더라도 우울하면 똑똑한 게 소용없다고 생각한다.

(⋯⋯) "사랑해"라는 말도 하고 싶다. 이 말은 인생에 가장 도움이 되는 말이다.

엄마에게 그 말을 들으면 기분이 너무 좋아져서 내 아들딸에게도 해주고 싶다.

행복하려면 사랑이 필요하니까.

"고치고 싶은 나의 습관"에 관해서 쓴 글도 소개해본다.

나의 단점은 다음과 같다.

1. 산만하다.

2. 무언가를 생각할 때 새끼손가락을 씹는다(밖에서는 안 그럼).

3. 욱하는 성격(욱하면 친구들의 마음이 상하기 때문이다).

4. 남자아이들과만 어울린다(여자아이들도 인성 좋은 애들

많은데……).

나는 단점과 고쳐야 할 부분이 너무 많다.

하지만 나는 꼭 고칠 것이다!

아이는 무엇이 자신을 행복하게 하는지, 자신이 어떤 사람인지 잘 알고 있었다. 자신의 단점을 고치려는 의지도 확고했다(느낌표에서 보이는 의지). 이렇게 다 알고 있는 걸 모르고 어른들은 매일 잔소리를 한다. 나중에 커서 뭐가 되려고 그러냐(행복한 사람이 될 건데). 뭐가 잘못인지 정말 모르는 거냐(누구보다 잘 알고 있는데). 언제 고칠 거냐(고치려는 의지가 이렇게 있는데). 이러니 억울할 법도 하고 답답할 만도 한데, 너른 마음으로 어른들 잔소리의 대부분을 한 귀로 듣고 한 귀로 흘려보내며 다시 씩씩하게 웃는 게 아이들이다. 어린이들의 고충과 인내를 하나씩 알게 될 때마다…… 어른으로서 심심한 사과와 위로를 보내지 않을 수가 없다.

똑똑,
잘 지내나요?

새로 이사 온 여덟 살 소녀 힐다를 만나려고 친구들이 찾아왔다. 새 친구 힐다에게 이 동네에서 제일 재미있는 놀이를 보여주겠다며 친구들이 데려간 곳은 어느 집 앞이다. 한 친구가 그 집 문 앞에서 '똑똑' 문을 두드리더니, 1초도 안 돼 뒤돌아 쌩 도망쳐서 근처 나무 뒤에 숨는다. 누가 왔나 문을 열고 나온 아저씨가 주변을 둘러보지만 아무도 없다. 아저씨가 문을 닫고 들어간 뒤, 아이들은 너나 할 것 없이 배를 잡고 웃는다.

아이가 강력 추천해준 만화 『힐다의 모험』을 읽다가 이 장면을 발견하고는 우연히 옛 친구를 만난 것처럼 반가웠다. 지금이야 어느 곳을 가도 아파트 천지지만, 내가 힐다랑 비

숫한 나이였을 때만 해도 우리 동네에는 단독주택이나 연립주택이 더 많았다. 학교에 가기 위해 집을 나서면 다양한 내 문을 구경하며 걸었다. 군데군데 칠이 벗겨진 녹슨 대문, 문 안쪽에 빗장이 있을 것 같은 친근한 나무 대문, 보기에도 차 갑고 육중한 스테인리스 철제 대문. 색깔도 모양도 다양한 대문들을 바라볼 때면 그 집에 사는 사람들과 집안의 풍경을 상상했다. 나중에 저런 집으로 이사를 가면 좋겠다, 어떤 집은 내 맘대로 찜을 했다.

　학교를 마치고 돌아오는 길에 개구진 남자아이들은 좋아하는 여자아이 집 앞이나 모르는 집 앞에서 초인종을 누르고는 잽싸게 다른 집 벽에 찰싹 붙어 동태를 살폈다. 그 모습을 구경하고 있으면 내가 벨을 누르지 않았어도 심장이 쫄깃쫄깃했다. '딩동' 하는 벨 소리에 누가 찾아왔나 문을 열고 나왔다가 "어떤 녀석이야, 잡히면 혼날 줄 알아!" 무섭게 호통을 치는 어른도 있었고, 고개를 절레절레 흔들며 "또 누가 장난쳤구만" 하고 대수롭지 않게 대문을 닫고 들어가는 집주인도 많았다. 좁은 동네라 누가 그랬는지 소문이 날까 염려가 될 때쯤 아이들은 다른 동네로 원정을 갔다. 더 크고 화려한 대문을 가진 집이 많은 동네로. 굴러가는 돌만 봐도 까르륵 웃음이 나는 꼬마들에게 자신의 존재를 들킬 것인가 말 것인가 하는 스릴 넘치는 재미를 안겨주던 이 놀이는,

이제 하고 싶어도 할 수 없고 해서도 안 되는 놀이가 되었다. 대문에서 누르던 초인종은 기술이 발달하면서 인터폰으로 대체되다가 최근에는 공동현관에서 벨만 눌러도 거실에서 누가 호출을 했는지 얼굴까지 확인할 수 있으니, 이런 초인종 놀이를 시도하는 어린이는 요즘 없을 것이다.

아무튼, 힐다와 친구들이 불러온 어린 시절의 기억에 젖어 혼자 키득대고 웃으며 다음 컷으로 눈을 옮기다가 마음을 오래 머물게 하는 장면을 하나 만났다. 벨을 누르고 도망치기에 성공한 친구들이 진짜 웃긴다며 배꼽을 잡을 때 힐다는 어쩐지 웃지 않는다. 다음은 네 차례란 말에 힐다는 어느 집 대문을 똑똑 두들긴다. 빨리 도망쳐야 할 시간, 힐다는 우물쭈물 뒤를 돌다가 문을 열고 나온 할머니의 인사를 받는다.

"안녕, 얘야."

보글거리는 백발에 안경을 쓴 동글동글한 할머니가 문을 열고는 무슨 일이냐고 묻자 당황한 힐다. 이 위기를 어떻게 모면할 것인가. 조마조마하던 마음은 힐다의 대답에 포근해지고 말았다.

"어…… 저기…… 그냥…… 잘 지내시는지 여쭤보려고요."
— 루크 피어슨 『힐다, 검은 괴물과 마주치다』

"오! 그래, 뭐 잘 지낸단다. 그래그래."

할머니는 아이의 말이 정겹고 기특해 대답해준다. 미안한 마음 반, 새로운 이웃을 알게 돼 반가운 마음 반인 힐다는 마땅히 할 얘기를 찾지 못하다가 문 옆에 놓인 화분들을 보고 감탄을 한다. 정성스럽게 돌보는 화분을 알아봐준 작은 아이가 기특해 할머니는 꽃 이름을 알려준다. 짧지만 정다운 이야기를 나눈 뒤 힐다는 공손히 인사를 하고는 뒤돌아 아이들 곁으로 오고, 할머니는 뜻밖에 찾아온 사랑스러운 손님의 뒷모습을 가만히 바라다본다.

"잘 지내시는지 여쭤보려고요."

힐다의 이 말은 위기를 모면하려는 기지만은 아니었을 것이다. 혼자 사는 것 같은 할머니의 주름진 얼굴과 하얀 머리를 보면서 힐다는 진심으로 궁금했던 건 아니었을까. 나는 이렇게 아이들과 신나게 노는데 할머니는 지금 집 안에서 뭘 하고 계셨던 걸까, 혹시 외롭지는 않으셨을까, 하는 것들이. 누군가를 향한 아이들의 사랑과 관심은 어느 순간 그렇게 불쑥 튀어나오는 법이니까 말이다.

얼마 전에는 같은 동네에 사는 열 살 아이 T의 이야기를 들었다. 엄마 아빠의 모임에 같이 나갔던 T는 어른들의 귀여움을 독차지하다가 용돈을 받았다. 집에 돌아오자마자 T

는 맛있는 거 사 먹으라며 한 어른이 준 2만 원과 예전에 아빠에게 받았던 용돈 5만 원을 합쳐 봉투에 넣었다. 그러고는 편지를 쓰기 시작했다. 엄마가 누구에게 편지를 쓰는 거냐고 묻자, 아이는 멀리 지방에 사시는 외할머니한테 쓰고 있다고 답했다.

"우리는 늘 이렇게 함께 있는데, 멀리 혼자 계신 할머니가 잘 지내셨으면 좋겠어요. 이 돈으로 맛있는 것도 꼭 사 드세요."

편지를 보고 아이의 엄마는 울컥했다. 열 살이 되더니 부쩍 말대꾸도 많아지고, 요리조리 뺀질거리며 자기 하고 싶은 대로만 하는 요령만 늘었다며 가벼운 한숨을 쉬던 T의 엄마는 이야기 끝에 내게 물었다. "잘 크고 있는 거겠지?" 나는 말했다. "이보다 어떻게 잘 커?"

힐다처럼, T처럼, 나도 가끔 누군가에게 불쑥 안부를 묻고 싶을 때가 있다. 한 시절을 함께 보냈던 인연에게. 학교에 가는 일을 행복하게 해주었던 친구들에게. 오다가다 눈인사만으로도 반가웠던 이웃들에게. 오래전 살던 동네의 친절했던 어느 가게 주인아저씨에게. 어느 때는 길을 걷는 어떤 모녀에게. 오늘 처음 보지만 어딘지 낯이 익은 주름진 얼굴에 강파른 어깨를 한 나이 지긋한 할아버지에게. 할 수만 있다면 힐다처럼 그 누군가가 사는 집을 찾아가 서성이다 벨을 누르고는 말해보고 싶다.

"그동안 잘 지내고 있었나요?"

그러나 아이처럼 해맑은 얼굴로 누군가의 안부를 불쑥 묻기에 나는 너무 나이 들었고, 그러기엔 염치가 없다. 나는 아주 오랫동안, 그리고 지금도, 나의 안위만 챙기며 살고 있으므로. 불쑥 전하는 인사에 그들이 혹여나, 당신이 뭔데 내 안부를 묻나, 왜 갑자기, 하는 뜨악한 표정을 지어도 할 말이 없다.

다시 어린 꼬마가 될 수 있다면, 몰래 벨을 누르고 다다 뛰어가 저쪽에 멀찌감치 서서 문을 열고 나온 당신의 얼굴이라도 보며 안부를 살필 텐데. 그럴 수 없는 나는 애꿎은 키보드만 눌러대며 오래전 어느 영화의 주인공이 했던 말만 하릴없이 썼다 지웠다 하고만 있다.

"잘 지내나요? 나는 잘 지내고 있어요."

하이디가 슬픔을 대하는
태도에 관하여

김연수 작가의 신간을 읽다 독자들에게 쓴 엽서 굿즈를 발견하고 생각에 잠겼다.

"우리가 달까지 걸어갈 수는 없겠지만, 달까지 걸어가는 사람인 양 걸어갈 수는 있습니다.

지금 이 순간, 달까지 걸어가는 사람인 양 걷는 사람의 발은 달에 닿아 있습니다."

어딘가 삶의 슬픔이 전해지는데도 마음에 온기가 생기는 이유는 뭘까. 다시 읽고 또 다시 읽으면 오랜 시간 인간과 삶에 대해 고민해온 작가의 뜻을 조금이나마 헤아릴 수 있을까. 그의 필체가 담긴 메시지 앞을 떠나지 못하고 있는데, 어느 순간 그 문장이 내게 이렇게 말을 건넸다.

보이기 때문에 믿는 게 아니라, 믿어지기 때문에 믿는 게 아니라, 살기 위해 믿으려고 애쓰는 마음을, 끝끝내 믿음을 외면하지 않으려는 태도를 희망이라고 불러도 되지 않느냐고. 어떻게든 그것을 품고 가다 보면 우리가 가려던 어떤 곳에 두 발이 닿지 않겠느냐고.

그런 생각을 하자 제일 먼저 떠오른 사람은 의외로 한 소녀였다. 아주 오래전, 저 멀리 알프스에서 치맛자락을 날리며 환하게 웃던 소녀, 하이디 말이다.

하이디는 눈 덮인 산봉우리가 햇살에 반짝이는 언덕에 의사 선생과 함께 서 있었다. 상쾌한 아침 바람이 불 때마다 풀을 찾아 돌아다니는 염소들의 목에서 방울 소리가 들리고 초롱꽃들이 흔들렸다. 의사 선생은 최근에 사랑하는 외동딸을 잃었다. 딸은 아내가 세상을 떠난 뒤로 그가 세상을 살아가는 유일한 이유였다. 딸을 잃고 얼마 지나지 않아 그의 머리는 하얗게 세어버렸다. 그 사실을 모르는 하이디는 자신이 좋아하는 의사 선생도 이곳을 좋아했으면 하는 마음으로 웃으며 그를 바라보았다.

얼마 전만 해도 하이디는 이곳 알프스가 아닌 프랑크푸르트에 머물렀다. 그곳에 사는 제제만 씨의 걷지 못하는 딸 클라라의 말동무가 되기 위해서였다. 제대로 된 교육을 받을 기회이기도 했다. 하루아침에 사랑하는 할아버지와 집을 떠나 도시로 온 작은 소녀는 시름시름 앓기 시작했다. 목에 큰 덩어리가 있는 것처럼 숨이 콱 막혔다. 하이디의 향수병이 심각한 상태라는 것을 알아보고 친구인 제제만 씨에게 하이디를 당장 집으로 돌려보내야 한다고 말한 게 의사 선생이었다. 알프스로 돌아온 하이디는 언제 아팠냐는 듯 발랄한 생기를 되찾았다.

우울을 저 멀리 던져버리고 청량한 미소를 짓는 하이디를 보면서 의사 선생은 문득 묻고 싶어졌다. 여기에선 슬픔 따위는 잊어버리고 기뻐할 수 있느냐고. 이곳에서는 아무도 슬퍼하지 않는다는 하이디의 말에 그는 되묻는다. 프랑크푸르트에서 슬픔을 가져왔다면, 그러면 어떻게 해야 하냐고. 앞선 질문에 꽃잎을 떼어주듯 하나하나 대답하던 하이디는 이번에는 잠시 생각에 잠긴 뒤 이렇게 말한다.

"그럴 때는 기다리면 돼요. 하느님이 슬픔을 통해서 뭔가 좋은 걸 주시려고 한다는 생각을 하면서요."
— 요한나 슈피리, 「하이디」

그건 하이디의 경험담이었다. 프랑크푸르트에 살게 됐을 때 하이디는 클라라의 할머니에게 배운 대로 매일 기도를 했다. 제발 사랑하는 할아버지가 있는 알프스 집으로 돌아가게 해달라고. 그러다 하이디는 기도를 그만두었다. 기다려도 달라지는 게 없었다. 아마도 프랑크푸르트 사람들이 전부 기도하기 때문에 하느님이 모든 사람의 기도를 들을 수 없어서 자신의 기도를 듣지 못하는 것 같았다. 클라라의 할머니는 말한다.

"하느님은 우리에게 좋은 일이 무엇인지 다 알고 계시는 분이야. 믿음을 잃지 않고 기도를 계속하면 적당하다고 생각되는 때에 그보다 더 좋은 것을 주실 거란다."

하이디는 상냥한 할머니를 좋아했기에 그 말을 믿었다. 다시 기도하며 집으로 돌아갈 날을 기다리던 하이디는 이제 행복하다. 그리워했던 만큼 힘들었던 만큼 괴로웠던 만큼 행복은 더 진하고 값지다. 여덟 살의 하이디에게 찾아온 이 경험은 살면서 찾아오는 슬픔과 고통이 모두 더 좋은 것을 위한 하느님의 계획이라는 것을 믿게 만든다.

이야기는 하이디의 믿음대로 흘러간다. 프랑크푸르트에서 함께 지내며 친구가 된 클라라가 돌아간 하이디를 그리워하다 알프스로 찾아온다. 아픈 클라라가 여행을 떠난다는 건 상상도 할 수 없었던 하이디는 기뻐하며 감동하고, 도시를 떠나 처음으로 아름다운 자연 속에서 생활하게 된 클라라는 기적적으로 건강을 회복한다. 만약 하이디가 원하던 대로 바로 알프스의 집으로 돌아왔다면 꿈꿀 수 없는 일이었다. 하이디는 벅찬 감동을 느끼며 클라라에게 말한다.

> "하느님이 우리가 열심히 기도해도 그대로 들어주지 않는 게 잘된 일이라는 생각이 들어."

추억의 동화 『하이디』의 아름다운 장면을 어른들이 다시 읽는다면 어떤 마음이 들까. 그건 동화 속에서나 있는 일이지. 그러니까 동화지. 이렇게 말할까. 일단, 책 속의 어른인 슬픔을 품은 의사 선생의 이야기를 계속하겠다.

그의 슬픔은 하이디의 맑은 응원으로도 가시지 못했다. 슬픔 때문에 아름다운 풍경을 눈에 담지 못하는 그에게 하이디는 이웃 할머니에게서 배운 태양에 관한 노래를 불러준다. 그가 어린 시절에 어머니 곁에서 듣던 노래였다. 노래가 끝나고 그는 하이디의 커다란 눈망울을 바라보며 이렇게 말한다.

"하이디, 앞으로 그 믿음을 잃지 않았으면 좋겠구나."

나는 그게 어른의 대답이라고 생각했다. 그는 노래를 듣는 동안, 인생에 찾아오는 예기치 않은 불행과 이유를 알 수 없는 고통에도 불구하고 우리가 살아남을 수 있었던 이유에 대해 깊이 생각했을 것이다. 믿음을 잃지 말라는 그의 말은,

인생이 수없이 우리를 배신하더라도 결국 우리를 다시 걷게 하는 건 어떤 믿음이라는 것을 기억하자는, 주어진 인생을 또 살아가기 위해 우리를 버티게 하는 것이 무엇인지를 잊지 말자는 당부였을 거라고 나는 믿고 있다.

올겨울에는 눈이 많이 내렸다. 소복하게 쌓인 눈에 아이처럼 발자국을 내다가 한 번씩 하이디 생각을 했다. 알프스 산자락에서 불어오는 바람을 맞으며 경쾌하게 뛰던 하이디. 고통과 그리움 속에서도 언제나 더 좋은 것이 오리라 믿어 의심치 않던 소녀. 이 사랑할 수밖에 없는 낙관적인 천사를 떠올릴 때면 이제는 김연수 작가의 다정한 당부가 생각난다.

"멈추지 마시길, 계속 걸어가시길."

달까지 걸어가는 사람인 것처럼 걷고 또 걷는 길에서 언젠가 당신을 만날 수 있기를 빈다.

모두 너를 위한 거라는
거짓말

추운 겨울, 집에만 있기 갑갑했던 아이가 밖에 나가 놀자고 엄마를 졸랐나 보다. 밖은 춥고 할 일은 많고 컨디션도 좋지 않은 엄마는 내키지 않지만 아이를 위해 집을 나서기로 했다.

"코트 입어!"

엄마를 조른 건 까맣게 잊고 장난감 비행기에 빠져 신나게 놀고 있던 아이는 갑작스러운 엄마의 말에 비행기를 툭 떨어뜨린다. 이어지는 엄마의 분주한 말들. 장화 찾아와라, 날씨는 왜 이러냐, 문 열지 마라…….

밖을 나서도 엄마의 잔소리는 끝이 없다. 떠들지 마라, 목에 찬바람 들어간다, 병원에 가고 싶지 않으면 입 다물어라…….

아이의 표정이 점점 시무룩해진다. 그러다 아이가 가지고 나온 삽을 잃어버리고 옷을 더럽히자 엄마의 인내심은 마침내 한계에 다다른다.

"얘가 사람 돌게 만드네."

울음을 터뜨리는 아이. 엄마는 억울하다. 나가서 놀고 싶대서 밖에 나왔고, 힘들어도 하자는 대로 다 해줬는데, 웃기는커녕 울고 있는 아이를 이해할 수 없다. 엄마는 다시 또 할 말이 많아진다.

"너 왜 울어? 왜 그러는 건데?"

어떤 동화책은 양육자가 보기에 마음이 편치 않다. 『너 왜 울어?』(바실리스 알렉사키스 글)가 그랬다. 동화 속 엄마가 아이에게 쏟아낸 일방적인 지시와 부정적인 말들은, 하면 안 되는 줄 알면서도 참을 수 없는 기침처럼 튀어나와 아이를 괴롭히던 나의 말들과 너무나 닮아 있었다. 당연히 내가 완벽한 엄마와는 거리가 멀다는 건 일찌감치 인정하고 있었지만, 그래도 이 동화 속에 나오는 엄마만큼은 아니겠지 생각했다. 현실은 언제나 이상과 거리가 멀다.

얼마 전 아이가 내게 충격적인 고백을 했다. 열 살 인생에서 죽고 싶다는 생각을 한 적이 세 번 있었다는 이야기. 뜨악한 엄마에게 아이가 말했다.

"침대 발로 차면서 욕했잖아. 그때 그런 생각 했어."

아이는 2년 전 일을 아직도 또렷이 기억하고 있었다. 그 날 남편과 나는 심하게 다퉜다. 싸움은 아이의 훈육 문제로 시작됐다. 나는 아이의 잘못이나 실수 앞에서 무서운 얼굴과 큰 목소리를 내는 남편이 항상 불편했다. 남편은 그걸 지적하는 나 때문에 아빠의 권위가 손상된다고 생각했다. 서로의 의견이 접점을 찾지 못한 채 감정만 상할 대로 상했다. 급기야 나는 이성을 잃고는 아이의 방으로 달려가 침대를 걷어차며 애꿎은 아이를 향해 소리를 질렀다. 이게 다 너 때문이라고, 그러니까 네가 잘하라고. 비열하게도 아이를 빙자해 남편에게 이렇게 말하고 싶었던 거였다. 잘 보라고, 이런 게 당신이 바라는 훈육 아니었냐고. 겁에 질려 이불을 뒤집어쓰는 아이를 보며 금방 정신이 들어 사과하고 또 사과했지만(이후로도 여러 번) 나쁜 기억은 언제나 좋은 기억보다 오래 남는다.

아이가 언급한 두 번째 사건은 기억도 잘 나지 않는다. 아이가 일곱 살 때였나. 무슨 이유에서인지 아이에게 반성을 마칠 때까지 방에서 나오지 말라고 했단다. 세 번째 사건은 비교적 최근 일인데, 학원에 가려는 아이에게 가방을 던졌다고 한다. 국회 청문회장의 증인도 아닌데 이번 건도 역시 왜 그랬는지 이유도 모르겠고 기억도 가물가물. 민망한 기분으로 아이에게 물었다.

"그렇게 화를 내지 않고 그냥 얘기했으면 좋았을 텐데, 진짜 미안해. 그런데 무슨 일 때문에 엄마가 그랬는지 기억나?"

아이의 대답은 나를 허탈하게 만들었다.

"몰라. 기억이 안 나. 그냥 엄마가 그때 나를 죽도록 싫어하는 것 같아서 죽고 싶었어."

무언가를 가르치기 위해서였다는 말은 통하지 않는다. 아이의 기억 속에 다른 모든 건 사라지고 오직 상처만이 남았으니까.

"엄마는 크잖아. 엄마는 엘턴(Eltern. 부모)이잖아."
"응(어…… 엄마는 스머프에 가깝지만 그래도 너한테는 큰 사람이지)."
"나랑 이음이는 킨트(Kind. 아이)잖아. 우리는 작잖아."
"응."
"그래서, 엄마가 큰데 엄마가 무섭게 말하면 안 돼. 우리는 작으니까 무서워."
— 이진민, 『아이라는 숲』

독일에서 철학을 공부하는 엄마가 쓴 책을 읽다가 이 대목을 만났을 때 아이에게 소리를 지르던 내가 생각나 마음이 쓰렸다. 이 책을 쓴 엄마도 나처럼 종종 화를 냈던 걸까. 아니다. 책을 보면 아이들을 향한 사랑과 존중이 팍팍 느껴진다. 아이의 의견을 경청하고 충분한 사랑을 주며 이야기를 나누는 사이이기 때문에 아이도 엄마에게 이렇게 똑 부러지게 야무진 토로를 할 수 있었을 거다. 하지만 아이는 엄마가 어쩌다 표정을 딱딱하게 하는 것만으로도 무서웠던 모양이다.

내 아이는 어떤가 싶어 아이에게 읽어줬더니 아이가 그랬다.

"딱 내 마음이네."

어른의 가슴이나 허리께에 오는 눈높이로 세상을 보는 어린이의 마음을 애써 상상해본다. 압도적인 사이즈로 다가오는 세상과 나보다 두 배는 큰 존재들이 주는 위압감을 생각한다. 어린이는 때로 어른의 존재가 무서울 것이다. 더구나 자신보다 크고 힘이 센 어른들에게 어린이들의 안위가 맡겨져 있다. 어른들이 굳이 권위를 내세우지 않아도 어린이는 이미 약자의 위치에 있다. 그걸 수시로 잊은 채 큰소리를 내고(이리 와 앉아봐!), 때로는 위협과 협박을 하며(그럴 거면 네 마음대로 살아!), 말도 안 되는 폭언(내가 너 때문에 미쳐!)을 하는 나를 볼 때마다 내 안의 폭력성을 깨닫고 소스라치게 놀란다. 내가 너의 안위를 책임진다는 이유로, 내가 너를 키우고 가르친다는 이유로, 내가 너보다 힘이 세다는 이유로 나는 너를 언제라도 어떻게 해도 된다는 나의 태도가 권력자들이 저지르는 갑질과 횡포와 무엇 하나 다를 게 없다는 사실에 기가 찬다. '그게 다 사랑하니까, 가르치려고 그런 거지.' 변명 따위만 생각나면 물어야 한다. 가르치기 위해 정말 감정을 섞지 않았느냐고. 그저 자신의 감정을 폭력적으로 전달한 건 아니었냐고.

얼마 전 아이의 학교에서 열린 공개수업에 다녀왔다. 부모들이 교실 뒤편에 서서 수업을 받는 아이들의 모습을 지켜보는 시간. 선생님이 아이들과 함께 동화『알사탕』을 읽은 뒤 물었다.

"지금 누구의 속마음이 알고 싶은가요?"

한 어린이가 이렇게 대답했다.

"저는 부모님의 속마음이 알고 싶습니다. 항상 저만 보면 웃는데, 왜 웃는지 정말 알고 싶어요."

같이 있던 엄마들이 감탄과 탄식을 동시에 내뱉었다. 아이를 보며 웃는 부모의 마음을 너무 잘 알 것 같아서. 그렇지만 항상 웃어주지 못한 게 못내 미안해서. 아이의 부모는 아이가 하는 모든 것이 예뻤을 것이다. 건강하게 자라주고 있는 것도, 학교에서 즐겁게 생활하는 모습도, 작은 입으로 야무지게 잘 먹는 모습도. 아이의 부모님은 꿀이 뚝뚝 떨어지는 사랑을 대신해 아이를 볼 때마다 웃었겠지. 그 웃음엔 무언의 말이 담겨 있었을 것이다. 네가 있어서 우리는 너무 행복해. 너의 존재 자체가 우리에겐 축복이야.

그 소중한 마음을 잊지 않으려면 어떻게 해야 할까.

아이들을 다 키워본 노년의 인생 선배들(인생의 현자들을 인터뷰한 책『내가 알고 있는 걸 당신도 알게 된다면』참고)은, 완벽한 아이로 키우려는 욕심을 버리고 잘못을 통해서 배울 수 있도록 아이를 내버려 두라고 조언한다. 그들이 강조한 부모의 덕목은 오직 이것뿐이었다.

"열린 마음과 아이의 말을 들어주는 자세 그리고 선의."

미완의 작품일 수밖에 없는 인간을 키우는 데 필요한 것은 오직 격려와 사랑뿐이라는 것을 훌륭한 양육자들은 긴 시간을 바쳐 입증한다. 언젠가 그림책을 펼쳤다가 만난 작가들의 헌사(댄 샌탯·사만사 버거, 『Crankenstein』)가 바로 그랬다.

"언제나 웃음이 짜증을 이긴다는 걸 보여주신 아버지와 할아버지께."

"나의 짜증을 참아주신 부모님께."

한 번도 본 적 없는 작가들의 부모가 어떤 사람이었는지 머릿속에 그려지는 말들. 헌사를 쓴 작가들처럼 아이들은 훌쩍 자라 어른이 되어도 자신들이 받았던 사랑을 절대 잊지 않는다.

　　그건 나도 마찬가지다. 내 존재가 너무 미미하게 느껴져 아무것도 할 수 없을 것 같은 날이면 항상 생각했다. 이제는 우주 어딘가에서 나를 바라볼 나의 두 사람을. 그들이 오래전 나를 보며 지어준 뿌듯하고 흐뭇한 표정이 떠오르면, 축 처진 어깨를 한 내게 내가 말해주었다. 너는 누군가가 온 생애를 바쳐 사랑한 사람이라고. 너는 충분히 사랑받을 만한 괜찮은 사람이라고.

　　내가 잘해서가 아니라 내가 훌륭해서가 아니라 그냥 나여서 내 모든 것들을 받아주고 품어주던 기억이 나를 찾아올 때마다 마음에 새긴다. 사랑이란 언제 어떤 상황에서도 여유와 선의와 관용을 끝까지 잃지 않는 태도와 다르지 않다는 것을 말이다.

어린이의 마음이
구해내는 것들

"언제 만나?" "몇 시?" "전화 줘." "어디야?"

10분 사이에 아이가 좋아하는 친구에게 보낸 문자 메시지다. 며칠 전 친구와 오랜만에 만나 신나게 논 뒤로 오늘 다시 약속을 잡기로 했는데, 이 기회가 너무 소중해서 가만히 기다릴 수가 없는 거다. 다섯 시 반에 친구가 전화를 주기로 했는데도 아이는 다섯 시가 넘자 핸드폰을 들고는 놓을 줄 몰랐다. 그 친구는 여자 친구. 어쩐지 좀 모양이 빠지는 것 같아 한마디를 했다.

"너무 그러면 집착하는 것같이 보여. 그냥 기다려봐."

엄마의 잔소리 따위는 먹히지 않았고 아이가 다시 핸드폰을 들었을 때, 연락이 왔다.

"야, 나 학원이었어. 지금 끝났어. 작은 놀이터로 나와."

한껏 신이 난 표정으로 아이는 그야말로 바람처럼 나갔다. 아이들 대부분이 이렇다. 마음을 숨기지 못한다. 좋아하는데 안 그런 척, 기다리는데 안 기다리는 척, 싫은데 좋은 척, 섭섭한데 아무렇지 않은 척, 이렇게 '척'하는 게 세상에서 제일 어려운 존재가 바로 어린이다.

조금 더 큰 어린이도 그건 마찬가지다. 곧 6학년, 중학교 3학년이 되는 조카들을 만났다. 외동인 아이와 달리 늘 정겨워 보이는 두 자매가 예뻐서, 첫째 조카가 없을 때 둘째 조카에게 슬쩍 물었다.

"언니가 있으니까 좋지? 외롭지도 않고."

네, 하고 금세 대답할 줄 알았는데 1초간 망설이던 조카의 답은 달랐다.

"그게, 꼭 좋지는 않아요. 좋을 때도 있기는 한데, 싫을 때도 많아요. 싸울 땐 싫어요!"

'싸울 땐'이라고 말할 땐 콧잔등을 살짝 찡그렸다. 아, 이 솔직함이란. 대충 우애 좋은 척했다면 고모의 감탄과 칭찬이 더 이어졌을 텐데 조카는 그러지 않았다. 어린이들은 그런 존재가 아니다. 어린이들에게 아닌 건 아닌 거다.

자기감정에 정직한 어린이는 동화 속에서도 종종 만나게 되는데, 그중 강렬하게 인상에 남은 주인공들이 있다. 특별한 운명을 지닌 아홉 살, 『순재와 키완』(오하림 글)이 그들이다.

　　열 살이 되려면 오십 밤도 남지 않은 어느 날, 순재는 친구 키완에 대한 생각 때문에 머리가 복잡했다. 키완은 먼 타지에서 전학 온 친구였다. 순재는 이국적인 외모와 특이한 이름을 가진 키완이 낯설기보다 신비롭게 느껴져 호감을 품었다. 키완은 외국에서 엄마 아빠를 잃고 낯선 고국으로 돌아온 자신을 환대하는 순재가 가족처럼 반가웠다. 둘은 빠르게 친해졌고 금세 단짝이 됐다. 그러나 아홉 살의 우정은 때로 사소한 것들로 위기를 맞는다. 키완은 놀다가 종종 말도 안 되는 고집을 부리거나 떼를 부릴 때가 많았고, 시간이 지나면서 순재는 키완이 좀 버거워졌다. 순재는 언젠가부터 조금씩 키완과 단둘이 노는 것을 피했다.
　　그때였다. 같은 반 친구 필립이 뜬금없이 "은혜도 모르는 녀석"이라고 순재에게 욕을 한 건. 무슨 상황인지 이해할 새도 없이 이어진 말은 더 충격적이다. "너는 말야. …… 너는…… 다른 애들 다 되는 열 살도 될 수 없어!" 순재가 아홉 살에 죽을 운명이라는 이야기. 필립은 왜 이런 이야기를 하는 걸까. 그냥 순재가 싫어서 못마땅한 얼굴로 한 거짓말이라고 하기엔 엄청나다. 혹시 미래라도 보는 걸까.

비밀은 곧 놀라운 사실로 밝혀진다. 필립은 평범한 아홉 살 남자아이가 아니었다. 그는 순재의 죽음을 막기 위해 미래의 키완 박사가 보낸 안드로이드 로봇이었던 거다.

놀라운 전개를 다시 요약하면 이렇다. 미래의 순재는 아홉 살에 죽는다. 아니 죽었다. 그 이후로 키완의 삶 자체는 흔들렸다. 부모 이상의 존재였던 순재를 잃은 슬픔을 잊지 못한 키완은 로봇공학의 세계에 빠져 평생 로봇을 연구했다. 그 모든 게 완벽한 순재를 만들고 싶어서였다. 마침내 여든이 넘은 나이에 완벽에 가까운 안드로이드 로봇 순재(후에 필립이란 이름을 지어줌)를 발명한 키완. "시간과 공간에 매이지 않는 여행자"에 대한 얘기를 들은 건 그때였다. 과거로 돌아가 순재를 살리고 싶은 키완은 시간 여행자를 만난다. 하지만 사람의 생사에는 관여할 수 없는 게 시간 여행자의 직업윤리이고, 과거로 데려갈 수 있는 건 무생물뿐이라는 얘기에 키완은 자신 대신 로봇 필립(무생물)을 과거로 보낸 것이다.

순재를 어떻게든 살리라는 명령을 받고 온 필립은 키완의 말에 따르지 않는다. 필립은 감정을 가진 로봇이었다. 순재를 살린다면 키완이 평생을 바쳐 로봇을 연구할 동기가 없어진다. 그러면 필립, 자신의 존재가 사라질 수도 있다. "평범한 아홉 살짜리 아이 하나"를 잃는 대신 키완이 인류 문명에 공헌할 로봇을 발명할 수 있다면 아주 나쁘지만은 않은 일이라고 필립은 생각한다. 게다가 순재는 지금 키완을 피하고 상처만 주고 있지 않은가.

만약 순재가 어른이었다면 이야기가 좀 뻔했을지 모른다. 키완이 나를 살려준다고? 평생 나를 잊지 못했다고? 그런 줄도 모르고 못되게나 굴고, 난 정말 나쁜 놈이야. 이런 말이 나올 법하다. 하지만 아이인 순재의 마음에는 미래의 키완 박사 어쩌고 하는 얘기가 들어오지 않는다. 현재의 키완은 순재를 힘들고 피곤하게 하는 "떼쟁이"에 "성가신 친구"일 뿐이다. 그러니 순재는, 키완이 순재를 정말 좋아한다며 친하게 지내라는 어른이자 책 속 화자의 말에 이렇게밖에 말할 수 없었던 거다.

"나아중에 나한테 도움이 되는 사람이라고. 더 친하게 지내야 한다는 법은 없잖아……."

순재는 굵은 눈물방울을 뚝뚝 떨어뜨리며 "나중에 나를 구해주는 사람은, 꼭꼭 아주 많이 좋아해야 하는 거냐고" "친구 말고, 제일 친한 친구를 해줘야 하는 거냐고" 묻는다. 그 자리에 우리가 있었다면 어떤 대답을 해줄 수 있을까. 제대로 답하기 위해 의미를 곱씹으며 질문을 다시 써본다.

"내 이익을 위해서라면 마음이 내키지 않아도, 그 무엇이라도 해야만 하는 게 맞는 건가요?"

많은 어른이 그렇게 산다. 내키지 않아도 한다. 싫어도 괜찮은 척을 하며 언젠가의 미래를 위해서라고 자신을 위로한다. 하나를 얻기 위해 하나를 잃는 게 당연하다며 눈을 질끈 감는다. 그렇게 미래를 예단하고 손익을 따져보며 선택과 결정을 한다. 하지만 그건 어른들의 일이다. 아이들은 그런 존재가 아니다. 도움, 이득, 이익, 손해, 피해. 아이들의 마음은 이런 것들로 움직이지 않는다. 그렇다면 아이들을 움직이는 것은 무엇일까.

순재에게 했던 것처럼 필립은 키완에게도 비밀을 폭로했다. 모든 걸 알게 된 키완은 자신을 밀어냈던 순재에게 원망을 품을 테고 순재를 안 구해줘도 상관없다고 말하겠지, 하면서. 다시 한번 말하지만, 어린이는 그런 존재가 아니다.

"순재야, 죽지 마아!"

그 모든 사실을 알고도 키완은 순재에게 애원한다(로봇 필립에게는 다시 한번 이렇게 명령했다. "살려!"). 키완에게 지금 제일 중요한 일은 두 번 다시 소중한 사람을 잃지 않는 것이다. 순재를 잃는 대신 먼 미래에 인류 문명을 바꿀 위대한 박사가 된다는 말 따위는 키완을 흔들지 못한다. 아까까지만 해도 날 구해준 은인이면 싫어도 친하게 지내야 하는 거냐며 울먹이던 순재도, 키완의 외침을 듣는 순간 예감한다. 키완이 예전처럼 자신을 성가시고 힘들게 할 수도 있다는 걸 모르지 않지만, 그렇지만, 그렇더라도 순재를 언제까지나 사랑하게 될 거라고 말이다.

좋은 것은 좋고 아닌 것은 아닌, 자기감정에 충실한 건강한 아이들은 자신만의 의지를 갖고 있다. 다른 어느 때가 아닌, 지금의 내 몸과 마음이 원하는 대로 사랑하며 살고자 하는 의지. 순재와 키완도 그랬다. 타인과 세상에 휘둘리지 않고 직관에 따라 움직이는 솔직하고 선명한 아이다운 마음은 마침내 우정을, 삶 자체를 구해낸다.

아이들이 구해내는 것이 어디 자신뿐일까. 때로는 복잡한 계산과 잇속에서 헤매느라 자신을 잃어가는 나 같은 어른을 구하는 것도 역시 아이들이다.

괜찮은 아이들이
계속 괜찮을 수 있도록

아이 친구들의 엄마들과 이런저런 고민을 나눌 때였다. 한 엄마가 한숨을 쉬며 엊그제 아들과 나눈 대화를 들려주었다.

"오늘 영어 학원에서 본 단어 시험 몇 개 틀렸어?

"일곱 개."

"솔직히 말해봐."

"열한 개."

"너 안 창피해?"

"응."

"왜?"

"괜찮아. 난 꼴찌만 안 하면 돼."

이야기를 듣자마자 다들 짧은 웃음을 터뜨린 뒤 누가 먼저랄 것 없이 엄마 미소를 지었다. 영어 단어 몇 개 틀리는 것 따위에 자신을 사랑하는 마음을 쉽게 내주지 않는 아이다운 건강함이 귀엽고 기특해서였다.

다른 집 아이는 너그러운 마음으로 볼 수 있어도 그게 막상 내 아이 일이라면 상황이 달라지는 법이다. 언젠가의 나도 그랬다.

"엄마, 나 받아쓰기 80점이야."

아이의 말을 듣자마자 하지 말아야 하는 말인 줄 알면서도 기어코 물었다.

"다른 친구들은?"

"다섯 명만 100점이야."

"그래서 네 기분은 어때?"

"뭐, 다음에 잘하면 되지."

태평한 모습을 보고 있자니 괜히 부아가 나 아이를 자극하고 싶은 충동이 일었다.

"100점 맞은 친구들도 있는데, 잘하고 싶지 않아?"

"잘하고 싶지. 근데 실수였어. 다음에 잘하면 되잖아."

이쯤 되니 기싸움이 시작되는 분위기. 쉽게 져주고 싶지가 않았다.

"이번이 처음은 아닐 텐데."

"아, 엄마! 엄마가 지난번에 그랬잖아. 남들하고 비교하지 말고 어제의 나만 이기면 된다고."

아, 나는 왜 어울리지도 않게 그런 훌륭한 말을 했단 말인가. 잠시 후회했지만 여기서 물러설 수 없다.

"다 맞은 적도 있잖아. 그러니까 어제의 너한테도 이겼다고 볼 수는 없지."

그러자 드디어 터질 것이 터졌다.

"엄마! 그러지 마! 내가 꼭 모자란 아이가 된 것 같아서 속상해. 엄마 때문에 스트레스받는다고! 다음에 잘한다니까 왜 그래!"

아이다운 낙천성을 부러워하고 또 귀엽게 여기면서도 일부러 아이를 쿡쿡 찌르는 이유는 뭘까. 그것도 겨우 받아쓰기 따위에. 솔직하게 말하면, 아이가 남들이 선망하는 코스를 따라 소위 성공이란 걸 하기를 바라는 마음이 내 안 어딘가에 숨어 있는 것 같다. 은연중에 아이를 압박하고 통제하려는 의도가 나의 세속적인 욕망 때문이라는 걸 알아차리면 어쩐지 씁쓸한 기분이 들어 스스로 묻게 된다. 고작 열 살 아이에게 성과 지향적인 자세를 바라는 게 옳은 일인가. 남들이 하니까, 세상이 그러니까, 안정된 미래를 위한 일이라고 하니까, 이리저리 둘러대봐도 어쩐지 석연치 않은 마음. 그건 아마도 내가 언젠가 우리 아이들이 겪을지도 모를 미래를 먼저 봐서인지도 모른다.

SF 단편소설 「전설의 동영상」(최영희 글)의 배경은 먼 미래다. 미래의 아이들은 열네 살이 되면 누구나 미국의 뇌과학자들이 고안해낸 "포틴스"라는 칩을 시술받는다. 청소년의 감정 중추인 편도체에 칩을 넣어 감정 과잉을 막고, 전두엽에 활성화 칩을 넣어 논리성을 끌어올리기 위해서다. 포틴스 시술의 표면적인 목적은 아이들의 방황을 줄여 청소년비행을 막고 학습 태도(성적)에 도움을 주는 데 있었지만, 실상은 달랐다. 사업에 뛰어든 무기업체가 포틴스 시술에 주목한 것은 다름 아닌 "아이들의 수동성"이었다. 포틴스 시술로아이들의 뇌를 통제해 미래의 "온순하고 값싼 노동자"와 "총기 광고에 쉽게 설득당하는 소비자"를 손쉽게 얻을 속셈이었던 거다. 검은 상술에 포착된 포틴스 시술은 얼마 지나지않아 한국으로 넘어온다.

한국에서도 아이들이 포틴스 시술을 받은 이후로 교실분위기가 눈에 띄게 달라졌다. 수업 때 엎드려 자는 아이도, 분노하거나 흥분하는 아이도, 선생님 말씀에 토를 다는 아이도 없었다. 아이들은 완벽하게 통제되었다. 그 사이에서시술을 받지 않은 이전의 아이처럼 멀쩡한 건 동혁이 하나였다. 동혁이의 칩은 불량품이었다. 덕분에 "분노할 줄 아는 심장"을 가진 유일한 아이가 되어버린 동혁이는 자신이 이전과 같다는 걸 들킬까 봐 숨어 지내다 준구를 보고는 뛸 듯이 기뻐한다. 어색하게 예의 바른 문어체를 쓰는 생기 잃은 인형 같은 아이들 사이에서 사춘기 특유의 거친 말투로 "야!" 하는 준구를 동혁이는 금세 알아본다. 준구의 칩도 불량품이었던 거다.

> 준구는 동혁이의 발치에 침을 퉤 뱉고는 가버렸다. 동혁이는 잠이 오지 않았다. 준구가 남긴 가래침 한 덩이가 계속 생각났다. 그건 준구가 뜨끈하게 살아 있다는 증거였다. 준구는 아흔아홉 가지 해야 할 일을 제쳐 두고 좋아하는 일 한 가지에 목숨을 걸 줄 아는 아이였다. 포틴스 시술 전 많은 아이들이 그랬던 것처럼······.

미래의 이야기를 읽으면 자연스럽게 그리스신화가 하나 겹쳐진다. 프로쿠루스테스는 잔인하기로 소문난 악당이다. 그는 지나가는 나그네를 유인해 자신의 집으로 데려가 침대에 눕힌 다음, 침대 길이보다 길면 다리를 잘라 죽이고 짧으면 몸을 늘려 죽였다. 어른들의 욕망 때문에 아이들의 뇌를 통제하는 미래가 신화 속 이야기만큼 황당하고 잔인하게 느껴지는 건 나만의 기분일까.

소설 속 어른들이 "아이들의 수동성"을 얻기 위해 맞바꾼 것이 무엇이었나를 생각하면 정신이 번쩍 든다. 아이들은 포틴스 시술을 받은 뒤 "아흔아홉 가지를 제쳐 두고 좋아하는 일 한 가지에 목숨을" 거는 아이다운 개성과 주도성을 잃어버린다. 다시 말하면 행복해지는 능력이 사라져버린 것이다. 사업적 이익을 노리는 어른들은 차치하고라도 부모들이 그렇게까지 하면서 아이들에게 포틴스 시술을 받게 한 이유는 무엇이었을까. 아이러니하게도 그것은 행복 때문이었을 것이다. 충동과 유혹에 흔들리지 않고 공부를 열심히 해서 안정적인 직장을 가지고, 남다른 성취와 성공이 따르는 인생을 살며 행복했으면 하는 마음. 그런데 만약 아이가 이렇게 묻는다면 우리는 뭐라고 답할 수 있을까.

"그럼, 성공한 사람들은 정말 모두 다 행복한가요?"

정답을 찾아 열심히 공부하는 아이를 바라보는 어른들도 실은 삶의 정답을 모른다. 그렇더라도 이것 하나만은 살아보니 확신할 수 있다. 타인의 욕망을 바라보며 살면 나를 잃어버릴 수밖에 없다는 것. 나를 잃어버린 삶에 행복이 함께할 리가 없다. 그래서 나는 오늘도 이 문장을 다시 외운다.

"아흔아홉 가지 해야 할 일을 제쳐 두고 좋아하는 일 한 가지에 목숨을 걸 줄 아는 아이."

뭔가에 몰입할 수 있는 그 자체가 아이만의 큰 잠재력이라는 것을, 자신이 좋아하는 일을 잘할 능력은 어떤 아이에게나 있다는 것을, 어른들의 욕망이 아닌 자신만의 취향과 꿈을 향해 달려나갈 때 아이들이 더 행복할 수 있다는 사실을 잊지 않고 싶다. 나는 지금 자신만의 영혼을 가진 '아이'를, '사람'을 키우고 있다. 그러니 아이를 위해 내가 할 수 있는 일에 대한 최선의 답은 언제나 아이에게 있을 것이다.

시험 문제 틀린 것 따위에 조금도 풀 죽지 않은 채 밖으로 뛰어나가 노는 아이와, 다른 아이들과 비교하는 말에 발끈하며 다음에 더 잘할 수 있다는 걸 믿어 의심치 않는 우리 집 어린이는 있는 그대로의 자신을 사랑한다. 그러므로 아이들은 언제나 괜찮다. 언제나 문제는 그들을 불안하게 하는 말들이다. 그것들로부터 아이를 지키는 것. 어른이 잊지 말아야 할 의무가 있다면 그런 것일지도 모르겠다.

영원한
내 편에 대한 로망

엄마가 돌아가신 지 10년이 넘었다. 그사이 나는 엄마가 되었고, 아이와 함께하는 순간순간마다 습관처럼 내 어린 시절의 엄마를 떠올리곤 한다. 내 DNA 어딘가에 저장되어 있을 엄마표 음식을 아이에게 해줄 때면 부엌에 서 있던 엄마의 뒷모습을 생각한다. 무심하고 당연하게 생각했던 엄마가 서 있던 그 자리가 나의 삶을 얼마나 튼튼하게 해주었는지 깨달을 때마다 아이에게 나도 그런 사랑을 줄 수 있기를 바라면서.

아이의 학교에 찾아간 날에는 엄마의 젊은 얼굴을 기억했다. '괜찮을 거야. 넌 잘할 거야. 엄마가 지켜볼게.' 전학 간 첫날, 엄마는 낯선 교실의 창문 밖에 서서 내게 눈으로 그렇게 말했었다. 그날 처음 만난 선생님도, 친구들도 모두 기억에서 사라졌지만, 엄마가 예쁜 옷을 입고 함께 학교에 와서 환하게 웃으며 응원해주던 순간은 유난히 선명하다. 그 모습은 하나의 상징처럼 남아 지금도 나를 격려한다. 꺼내 볼 추억이 있는 것만으로도 감사한 일이라는 걸 알지만, 엄마가 곁에 없다는 사실은 어른인 내게도 여전히 마음 아리고 서글픈 일이다. 그래서일까, 아니면 그런 내가 엄마가 되어서일까. 엄마가 없는 어린 친구들의 이야기는 유난히 마음이 쓰여 지나쳐지지 않는다.

태어나 여덟 살이 되는 동안 한 번도 엄마를 가져보지 못한 현수의 이야기를 읽었을 때도 그랬다. 현수가 친구들을 부러워하며 오랫동안 그려보았을 엄마에 대해 말할 때는 마음이 시큰했다.

> "음. 안아주고, 책도 읽어주고, 사랑한다고 말해주는 엄마요."
> (……)
> "그리고 학교에 데려다주는 것도 있어요. 하지만 너무 일찍은 안 돼요. 준영이 엄마처럼 아슬아슬하게 데려다줘야 해요. 그때는 복도에서 막 뛰어가도 야단맞지 않거든요. 비 올 땐 우산을 가지고 와서 나를 기다려요."
> — 김성진, 『엄마 사용법』

현수는 이 평범한 행복을 가질 방법이 영원히 없는 걸까.

"엄마와 함께 행복한 집을 만들어보세요."

TV에서 신제품 생명 장난감 '엄마'의 광고를 보았을 때 (이야기의 배경은 미래다), 현수는 광고를 문자 그대로 믿었다. 현수는 아빠를 졸라 생명 장난감 '엄마'를 주문한다. 집안일을 하는 제품으로 나온 '엄마'를 현수는 단순한 생명 장난감으로 여기지 않는다. '엄마'를 조립할 때부터 현수는 진지했다. 예전에 생명 장난감 익룡을 조립하다 실수로 눈을 빠뜨리는 바람에, 깨어난 익룡이 아무것도 보지 못한 채 여기저기 부딪히다 파란 피를 흘려 결국 회수된 경험이 있기에 더 집중했다. '엄마'를 돌려보내는 일은 절대 없어야 했다.

부품을 떼어내다 손이 찔려 피 한 방울이 '엄마'의 가슴에 떨어진 것 말고는 모든 게 완벽했다. '엄마'가 깨어나면서, 조립한 흔적도 거짓말처럼 사라졌다. 누가 봐도 완벽한 엄마였다. 하지만 이상했다. 생명 장난감은 처음 본 사람을 따른다고 했는데 '엄마'는 금방 태어난 아기처럼 아무것도 모르는 것 같았다. 만약 '엄마'가 불량품이라면, 마음이 생겨 몸이 무거워지거나 팔다리를 못 쓰게 된 고장 난 다른 생명 장난감처럼 사냥꾼들한테 잡혀갈 텐데. 그렇다면 큰일이었다. 현수는 '엄마'의 손을 잡고 할아버지를 찾아간다. 할아버지가 차를 내어줘도 가만히 들고만 있던 '엄마'는 할아버지가 차를 마시자 그제야 따라 마신다. 그 모습을 바라보던 할아버지는 현수에게 조언한다. '엄마'가 해줬으면 하는 걸 현수가 보여주라고. 그러면 '엄마'가 배울 수 있을 거라고. 할아버지는 부모의 경험으로 알고 있었던 게 아닐까. 아무것도 모르는 부모를 진짜 부모로 만들어주는 게 바로 아이라는 것을. 부모는 아이와 함께 자란다는 것을 말이다.

현수는 '엄마'에게 책을 읽어주고, 학교에서 돌아오면 안아주고, '엄마' 손을 꼭 잡고 산책을 한다. 두 사람의 모습은 사랑하는 일과 다르지 않아 보인다. 어느 날, 현수가 꿈에 그리던 순간이 찾아온다. 교문을 나서는데 '엄마'가 길 건너편에 나와 환하게 웃고 있는 것이 아닌가. 현수를 보며 "우리 현수는 산책을 좋아해"라고 말해주는 '엄마'. '엄마'의 손을 앞뒤로 크게 흔들며 신나게 걸어가는 길. 좋아서 크게 웃는 현수처럼 '엄마'도 따라 크게 소리 내어 웃었다. 그때부터 현수와 '엄마'에게 위기가 시작된다. 생명 장난감은 마음이 없어서 웃지 않는데, 웃었다며 여기 불량품이 있으니 잡아가라고 옆집 할머니가 소리를 친 거다. 사냥꾼들을 피해 현수와 '엄마'는 할아버지 집에 숨는다. 진짜 엄마가 아니니 사냥꾼들에게 '엄마'를 돌려주자고 아빠가 현수를 설득하지만, 현수는 그럴 수 없다. 그 모습을 바라보던 할아버지가 마음이 짠해져 현수에게 왜 그 '엄마'가 좋으냐고 묻자 현수는 이렇게 대답한다.

"엄마는 내 마음을 알아줘요."

태어난 모든 아이가 그런 것처럼, 현수에게도 단 한 사람이 필요했다. 자라기 위해서, 슬픔을 잊기 위해서, 행복하기 위해서, 살기 위해서. 내 마음을 누구보다 잘 아는 내 편이, 한결같은 사랑과 응원과 지지를 보내주는 존재가 간절했던 거다.

이상적인 부모들은 아이에게 '첫 번째 내 편'이 되어준다. 그러나 부모와 자식은 언젠간 이별해야 한다. 자식이 정신적인 독립을 하면서 첫 번째 이별을 하고, 자연의 순리대로 부모는 보통 자녀보다 먼저 세상을 떠난다. 그렇다면 어른이 된다는 것은 '내 편'이 없는 삶을 견뎌야 한다는 뜻일까.

〈알쓸인잡〉이라는 TV 프로그램에서 순정만화 전시회를 보고 나온 김영하 작가는 "연애는 잃어버린 부모의 사랑을 회복하는 과정"이 아닐까 생각한다. 순정만화 속 사랑의 대사들이 보통 부모와 자식의 유대 관계에서 들을 수 있을 법한 말들과 다르지 않았다는 것이다. 그 말은 부모를 떠나 독립해서 사는 어른에게도 여전히 '내 편'의 사랑이 필요하다는 얘기처럼 들린다. 그렇다면 사랑도, 연애도, 결혼도, 영원을 약속하기 힘든 타인과의 삶 속에서 나를 알아봐줄 누군가를, 내가 알아봐줄 누군가를 찾고 싶은 간절함의 다른 이름일지도 모르겠다.

그 한 사람을 찾고 지키는 일은 네 잎 클로버를 찾는 것만큼이나 행운이 필요하고 또 어려운 일이라고 줄곧 생각했다. 그러나 여덟 살 현수는, 그 어려운 일을 마침내 해낸다. 바라던 엄마가 아니라고 실망하고 포기하는 대신, 자신이 원하는 사랑을 먼저 보여줌으로써 현수는 결국 '생명 장난감 엄마'를 '진짜 엄마'로 만든다.

동화 속 현실을 믿든 믿지 않든 한 가지 사실은 분명하지 않을까. 삶은 누군가가 내 편이 되기를 기다리는 것보다 내가 누군가의 편이 되어줄 때 분명 이전과 다른 것을 보여준다는 것. 그것을 믿고 용기 있게 먼저 누군가의 편이 되어 사랑하며 살아가는 모든 이에게 현수에게 찾아온 행복과 같은 축복이 함께하기를.

아이들이 원하는
진짜 어른

　　우리 집 어린이는 아파트 상가 카페의 단골손님이다. 아빠와 처음으로 청포도 에이드를 마시고 탄산의 세계에 입문한 뒤로 가끔 한 번씩 들른다. 아이를 일찌감치 다 키운 카페 사장님 눈에 열 살 꼬마는 아직 아기여서 마냥 기특해 보이는지, 아이는 갈 때마다 소소한 칭찬을 받는다. "피부가 어쩜 그렇게 하얗고 예쁘니." "키는 언제 또 이렇게 훌쩍 컸어." "볼 때마다 멋있어지네." 애정 어린 반달 눈을 하고 환대해 주는 어른의 칭찬에 부응하기 위해서인지, 아이는 에이드를 다 마시고 나면 누가 시키지도 않았는데 빈 유리컵이 담긴 쟁반을 아주 조심스럽게 들고 사장님께 갖다 드린다. 집에서는 식사 후에 빈 그릇을 싱크대에 갖다 놓는 것도 자주 깜빡

하는 아들인 걸 생각하면 의외다. 좋아하는 에이드를 마실 때마다 다정과 친절이 얼마나 좋은 것인지를 배웠기 때문일 거다.

카페 건너편에는 아이가 한 달에 한 번 방문하는 미용실이 있다. 아이의 담당 헤어 디자이너 선생님은 형이나 삼촌이라고 불러도 될 만큼 앳된 얼굴을 한 젊은 분이다. 어린이 손님이 가면 친근하게 대해주려고 반말을 하는 분도 많은데 이분은 늘 아이에게 존댓말을 쓴다. "커트하는 동안 뭐 보여드릴까요?" "앞머리는 이 정도로 괜찮을까요?" 샴푸를 하러 들어가서도 언제나 꼭 물어본다고 한다. "물 온도는 괜찮으세요?" "더 헹구고 싶은 곳이 있을까요?" 어린이 손님이라고 조금도 허투루 대하는 법이 없다. 언젠가 미용실을 나올 때 아이는 내게 이렇게 말했다. "지금까지 만난 헤어 디자이너 선생님 중에서 제일 친절하신 것 같아." 아이는 이제 안다. 어른과 마찬가지로 어린이 또한 소중한 한 명의 고객이고 존중받아야 할 존재라는 것을 말이다.

미용실의 대각선 방향에는 아이가 다니는 미술 학원이 있다. 아이는 미술 학원 가는 시간을 "힐링하러 가는 시간"이라고 표현한다. 그림 그리는 걸 좋아해서겠지만 원장님의 영향도 크다. 아이들을 너무 좋아해서 학원을 차렸다는 원장님은 좀처럼 아이들한테 큰소리를 내는 법이 없고, 끝도 없이 이어지는 아이들의 이야기를 무척이나 잘 들어준다. 언젠가는 한참 게임 이야기를 하는 아이의 말에 원장님이 이런 이야기를 들려주었다고 한다. "나도 게임 엄청 좋아해. 평소에는 시간이 없어서 참았다가 주말에 하는데, 너무 오래한다고 남편한테 자주 혼나." 그 말을 들으며 아이가 얼마나 좋아하며 키득거렸을지 안 봐도 알 것 같다.

내가 좋아하는 것에 대해 어른과 친구처럼 이야기를 나누는 경험은 어른과 어린이의 경계를 허문다. 마음을 나누는 일에 나이가 문제 되지 않는다는 것을 느낄 기회가 더 많았으면 좋겠다.

"어딜 가나 사람들이 있잖아요."

아이가 주변의 어른들과 교류하는 모습을 볼 때면, 어느 만화에서 주인공 어린이가 했던 말이 생각난다. 낯선 동네를 겁도 없이 혼자 구경하겠다는 걸 엄마가 말리자 아이가 했던 말인데, 아마 이런 뜻이었을 거다. 위험하면 도와주고 모르면 알려줄 사람들이 어디든 있는데 걱정할 게 뭐가 있나요. 아이들은 그렇게 세상을 믿고 있다. 때때로 뉴스에서 듣게 되는 흉흉한 소식에 어린이의 안위에 대한 걱정을 사서 할 때가 없는 건 아니지만, 어린이라는 이유로 더 큰 친절과 배려와 공감을 해주는 어른들이 어디에나 있다는 걸 나 또한 알고 있다.

모자란 것 투성이인 나란 부모 말고도 아이 주변에 좋은 어른들이 있다는 것은 부모로서 참 감사한 일이다. 내 아이의 성장과 미래에 영향을 끼치는 존재가 부모뿐이라고 생각하면 돌덩이 같은 책임감이 가슴을 짓누른다. 나의 실수가, 나의 부족함이 혹여 아이를 망칠까 봐 전전긍긍하는 마음으로는 아이를 제대로 사랑하기 어렵다. 부모를 통해 보고 배울 수 없는 것들을, 함께 살아가는 어른들이 채워준다고 생각하면 안심이 된다. 나는 요즘 세상에도 "한 아이를 키우려면 온 마을이 필요하다"라는 오래된 말이 여전히 유효하다고 믿는다. 아이들을 보면 언제든 미소를 지어주는 어른을 보며, 어딘가에서 울고 있는 어린이를 발견하면 내 아이의 일처럼 달려가는 엄마들을 보며, 아이가 먼저 인사하길 기다리지 않고 반갑게 손을 들어주는 이웃을 보며 세상과 사람에 대한 호감을 품을 수 있다면, 어린이는 더 씩씩하고 행복하게 자랄 수 있을 것이다.

어린이는 성장하는 존재다. 어른의 환대와 다정과 친절에 앳된 미소로 응답하던 아이들도 머지않아 "외계인들로부터 지구를 지킨다는 무시무시한(남찬숙 글, 『혼자 되었을 때 보이는 것』)" 중학생이 되어 시큰둥하고 무표정한 얼굴로 어른을 대할지 모른다. 인생에서 가장 혼란스럽고 민감한 시간을 치열하게 통과하는 동안 아이들은 훌쩍 자란 키만큼 생각도 자랄 것이다. 그러니 성장한 아이들을 대하는 어른의 자세는 조금 더 섬세해질 필요가 있다. 구체적인 팁은 아이들의 이야기에서 힌트를 얻으면 좋겠다.

> 우리가 원하는 진짜 어른은 자신들이 보지 못하는 것을 우리가 볼 수 있다고 믿고, 자신들이 모르는 걸 우리가 알 수 있다고 믿으며, 자신들이 느끼지 못하는 것을 우리가 느낄 수 있다고 인정하는 사람이었다.

청소년 소설 『페인트』(이희영 글)의 주인공, 영리하고 예민한 열일곱 살 제누가 한 말을 처음 읽었을 때, 아이의 마음을 조금 더 정확하게 이해하고 싶어서 거꾸로 그들이 가장 싫어할 만한 어른을 먼저 생각해봤다. 예를 들면 이런 어른들. 자신이 지나온 시간과 경험을 무기로 모든 걸 다 알고 있다고 믿는 어른. 이들의 연설은 보통 이렇게 시작한다. "내가 해봐서 아는데, 겪어봐서 아는데, 들어서 아는데……." 자신이 틀릴 수 있다는 것을 좀처럼 생각하지 못하는 이들은 확신에 찬 단언으로 충고와 조언과 평가와 비판을 하기를 좋아한다. 자신의 말이 먹히지 않을 땐 이렇게 말하는 습관도 있다. "요즘 애들은 말이야……" 어쩌면 제누는 이런 어른들을 너무 많이 봐왔던 게 아닐까. 우리가 자라면서 그랬던 것처럼.

　　그렇다면 제누가 말하는 진짜 어른은 정반대의 얼굴을 한 사람들일 것이다. 모든 것을 다 안다고 말하는 대신 이렇게 말하는 어른.

　　"다음 세대는 이전 세대보다 무조건 훌륭하다."

　　EBS 다큐 프라임 〈아이〉에서 생태학자 최재천 선생이 부드러운 미소로 이처럼 자신 있게 말했을 때, 제누가 원하는 어른을 한 사람 찾은 기분이었다. 요즘 애들에 대한 기성세대의 비판(요즘 애들은 버릇이 없다는 공통된 내용)은 기원전 1700년경 수메르 시대 점토판에서도 볼 수 있을 정도로 오래된 것이지만, 최재천 선생은 그에 동의하지 않는다. 대신그는, 다음 세대는 이전 세대가 갖지 못한 무언가를 분명히갖고 있다고 믿었다. 그 증거로 세대가 바뀔수록 조금씩 나아지는 세상을 들었다. 당연히 요즘의 아이들에게도 어른들이 보지 못하고 알지 못하는 뭔가가 반드시 있으며, 그것이더 나은 세상을 만들어갈 거라고 그는 확신했다. 내가 살아온 세월의 가치를 우선하지 않고, 반짝반짝 빛나며 더 훌륭해질 아이들의 잠재력을 무조건 믿고 응원하는 어른. 제누가 말한 진짜 어른은 아마도 그런 어른이 아니었을까.

그렇다면 오늘 내가 조금 더 나은 어른이 되기 위해 해야 하는 다짐은 이런 것이어야 한다.

'너를 다 안다고 쉽게 생각하는 대신, 너를 알아가는 일을 하루도 빠짐없이 계속하겠다.'

쓰고 보니 연인에 대한 고백처럼 느껴지는 이유는 뭘까. 그건 아마도, 누군가를 정확하게 알아가려는 노력이 곧 누군가를 사랑하는 일과 다르지 않기 때문일 것이다.

5장

너와 함께,
한 번 더
사는 날들

우린 절대
가라앉지 않아

"작고 약한 아이들에게 두고두고 들려줄 이야기."

서천석 소아정신과 선생이 그림책『작은 배』를 이렇게 소개했을 때(『그림책으로 읽는 아이들 마음』 참고)부터 이 책에 마음이 갔다. 그리고 결국 주문을 했다. 사야겠다고 마음을 먹은 건 이 문장 때문이었다.

"우리는 가라앉지 않아. 내 배랑 나는!"

책 속의 아이가 주문처럼 말한다는 이 말이 어디에 어떻게 나오는지 자세히 알고 싶었다. 서천석 선생의 자상한 설명만으로는 성에 차지 않았다. 내 눈으로 아이의 표정을,

아이의 배를, 배가 지나가는 바다를 직접 보고 싶었다. 어쩌면 아이에게 좋은 메시지를 전해줄 수도 있을 터였다. 사실 그보다는, 알고 싶은 마음이 더 컸다. 가라앉지 않는 비결은 무엇인지, 그런 게 과연 있는 것인지. 책을 기다리면서 괜히 좀 설렜다.

작은 두 손에 손바닥만 한 작은 배를 들고 서 있는 남자아이. 가는 막대기에 실을 묶어 만든 돛을 스티로폼에 꽂은 게 전부인 배지만 아이의 표정은 어딘가 뿌듯해 보인다. 동그란 얼굴에 살짝 미소를 띤 아이가 담긴 표지를 넘기면, 북적이는 바닷가다. 그곳으로 아까 그 남자아이가 엄마와 함께 놀러 온다. 아이는 오자마자 어디선가 주운 것 같은 스티로폼 조각으로 배를 만든다. 작고 약해 보이는 배지만 아이는 무척이나 마음에 들었나 보다. 항구를 만들고 물길도 파면서 온종일 이 작은 배를 갖고 논다. 절로 콧노래도 나온다.

"우리는 가라앉지 않아. 내 배랑 나는!"

그런데 어쩌나. 아이가 잠시 한눈을 판 사이, 바람이 불더니 작은 배가 바닷물에 떠내려가버린다. 작은 배의 운명은 어떻게 될 것인가. 부실해 보이는 스티로폼 조각배는 언제까지 무사할 수 있을까.

작은 배는 바람에 실려 실려 계속 간다. 낚시꾼을 지나,

게잡이 배를 지나, 넓디넓은 바다로 나아간다. 바다에 떠서 흘러가는 일이 쉽지만은 않다. 무언가를 만날 때마다 작은 배는 흔들린다. 예인선을 만났을 때는 까딱까딱 춤을 추는 것처럼 흔들렸고, 거대한 유조선 옆을 지날 때는 커다란 물결에 휩쓸려 이리저리 흔들렸다. 어찌어찌 망망대해 한가운데에까지 와버린 작은 배. 이제는 외톨박이다. "끝없는 하늘 아래서 숨 쉬듯 넘실거리는 바다뿐" 아무것도 보이지 않는다. 몇 날 며칠이 지난 어느 날, 하늘이 컴컴해진다. 바람이 으르릉대더니 파도가 거세지며 일어나는 거대한 물보라. 작은 배는 잠시 휘청이는가 싶더니 바람에 휘말려 춤을 춘다. 파도가 잠잠해졌을 때 또 다른 위기가 찾아온다. "커다란 물고기가 무시무시한 이빨을 드러내며" 작은 배를 입에 물고 어두운 바다 밑으로 내려가기 시작한 거다. 다행히 곧 물고기는 작은 배가 먹이가 아니라는 걸 알아채고는 뱉어버린다.

　고요한 햇빛이 쏟아지는 바다 위로 올라와 다시 바람에 실려 흘러가는 작은 배. 어디로 가서 누구를 만나게 될까. 아무도 없던 바다 한가운데를 지나자 바닷새들이 보이기 시작하고 사람을 태운 배도 한 척 두 척 보인다. 어디선가 희미하게 들리는 파도가 부서지는 소리를 따라 흘러 흘러간 작은 배는 어느 바닷가에 닿아 새로운 주인을 만난다. 이번에는 여자아이다. 발밑에서 출렁이는 작은 배를 주워 온종일 첨

벙대며 노는 아이의 기분 좋은 흥얼거림은 친근해서 더 반갑다.

"우리는 가라앉지 않아. 내 배랑 나는!"

책의 마지막 장, 바다를 바라보며 서 있는 아이의 뒷모습은 작지만 당차 보인다. 그리고 아이 발밑의 작은 배는 처음처럼 여전하다.

책을 덮으며, 나도 이 이야기를 아이에게 두고두고 들려주어야겠다고 생각했다. 작고 가볍고 약해 보이는 작은 배는 아이를 상징한다. 아이들은 이 책을 보면서 작은 배에 감정이입을 할 것이다. 책 속의 아이들처럼 주문을 외우며 응원도 하겠지. 우린 가라앉지 않아. 내 배랑 나는. 제발 파도에 휩쓸려 뒤집히지도 말고, 물고기 밥이 되지도 말고, 부서지지도 말기를. 그러나 작은 배는 의외로 강하다. 위기가 없었던 것은 아니다. 흔들릴 때도 많았다. 하지만 작고 약해서 거대한 고난들을 의외로 잘 피할 수 있었다. 가는 막대기 말고는 꽂힌 것도 실은 것도 없는 작은 배는, 가벼워서 쉽게 가라앉지 않아 물살에 몸을 맡기고 앞으로 나아간다. 조금만 컸다면 아마도 물고기 입에 들어갔을 때 반으로 똑 부러졌을지도 모른다.

서천석 선생이 말했듯 "약하기 때문에 무너질 수밖에

없는 것이 아니라 약하기 때문에 무너지지 않는" 진실은 아이들에게 힘이 될 것 같다. 이 사실은 어른인 나 또한 위로해준다. 약하다는 것이 때로 강하다는 의미가 될 수 있다는 것, 약한 자가 오히려 강한 자보다 쉽게 무너지지 않을 수 있다는 사실이 나를 이렇게 다독이는 것만 같기 때문이다. 반복되는 인생의 고비와 좌절에 흔들리면서도 여전히 살아남은 너 역시 약하지만 강한 사람이 아니겠냐고. 그 말이 그토록 듣고 싶어서 이 책이 그렇게 끌렸던 건지도 모르겠다.

아이는 이 책을 어떻게 봤을까. 한동안 고요하게 집중해서 보던 아이에게 책을 본 소감을 물었더니 대답이 너무 심심하다.

"재밌네."

그래, 인생의 심오한 뜻을 헤아리기에 열 살은 아직 어리지. 그래도 어쩐지 책 속 동생들의 씩씩한 마음이 아이의 마음과 같을 수도 있지 않을까 싶어 슬쩍 유도신문을 해봤다.

"너도 이 동생들과 같은 생각을 할 때가 있어? 절대 가라앉지 않는다고 말이야. 어린이들은 원래 이런 생각을 하나?"

아이는 1초도 고민하지 않고 엄마의 기대를 발로 뻥 차버린다.

"아니, 나는 수시로 가라앉는데. 맨날 가라앉아."

어린이에 대한 판타지를 와장창 깨주는 한마디. 역시 아이들은 가볍다. 엄마의 기대도, 인생의 무게도, 어른이 바라는 어떤 답도 결코 작은 어깨에 싣지 않는다. 심지어 가라앉는다는 말을 할 때의 표정은 말과는 안 어울리게 너무나 아무렇지 않았다. 마치 가라앉는 게 무슨 대수라도 되냐는 듯. 아이들이 저 작은 배처럼 흔들리다가도 왜 가라앉지 않고 다시 떠오르는지, 아이들의 발걸음이 어른들의 발걸음보다 왜 더 가벼울 수밖에 없는지, 이제는 확실히 알겠다.

너는 자라
마침내 네가 되겠지

"어린 시절의 자기한테 돌아간다면 무슨 얘길 해주고 싶어요?"

TV 프로그램 〈대화의 희열〉에서 오은영 박사를 초대해 이야기를 나누던 MC가 패널들에게 물었다. 애정과 시간을 갖고 따뜻한 목소리로 어린 나의 안부를 묻고 싶다는 이야기도 나왔고, 갖고 싶은 운동화를 다 사주고 싶다는 이야기도 있었다. 몸은 자라 이미 어른이 되었어도 여전히 우리 안에 다 자라지 못한 어린아이가 살고 있다. 내 안의 아이를 늦게라도 이해하고 위로하며 다독이는 시간. 한 패널의 고백이 유난히 귀에 남았다.

"하기 싫으면 안 해도 돼. 너 하고 싶은 거 해."

그가 어린 자신에게 그 말을 해주는 순간, 그 자리에 있던 어른들은 잠시 동요했다. 그들은 모두 다른 어린 시절을 지나왔지만, 왜 그 말이 그토록 듣고 싶었는지 같은 표정으로 이해하고 있었다. 방송을 보던 나 또한 알 것 같았다. 그건 정도의 차이가 있을 뿐 누구나 어린 시절에 어른들의 '통제와 강압'을 경험한다는 이야기이기도 했다.

크리에이터와 방송 진행자로 자신만의 끼를 유감없이 발휘 중인 그는 기독교 집안에서 자랐다. 주위의 행복을 위해 나의 행복을 희생할 수 있어야 한다는 엄격한 분위기에서, 주장도 개성도 강한 그는 '튀는 아이'였다. 그런 그에게 어른들은 말했다.

"너 계속 이런 식이면 안 돼."

어른들에게 그 말을 들으면서 어린 그는 생각했다.

'나 같은 사람은 안 되는 사람이구나.'

어린이들의 남다른 개성을 '부담스러움'으로, 강한 자기주장과 반항을 '유난스러움'으로 취급하는 어른들은 지금도 존재한다. 말 잘 듣고 고분고분한 아이는 착하고 사랑스러운 아이로, 어른들의 말에 하나하나 의문과 불만을 제기하는 아이는 버릇없고 되바라진 아이로 평가받기 쉽다. 어른들의 보살핌과 사랑 속에서 성장하는 어린이들은 약자일 수밖에 없다.

때로 어린이들은 사랑받기 위하여 자신이 가진 것을 내려놓는다. 순간순간 '있는 그대로의 나 자신'이 되는 일을 접고 '어른이 바라는 어린이'가 되기 위하여. 그 또한 그랬다. 반항하는 대신 자신을 깎는 것을 선택했고, 하고 싶은 게 있어도 일부러 하기 싫은 걸 먼저 선택하며 살았다. 지금의 그는 자유로운 끼를 마음껏 발휘하며 다양한 채널에서 활약하고 있지만 그렇게 되기까지 얼마나 많은 갈등을 겪었을지 그의 붉어진 눈시울만 봐도 알 수 있었다.

나는 비교적 자유로운 분위기에서 자랐다. 어쩌면 생활고에 시달렸던 엄마와 아빠는 아이들의 일거수일투족에 관심을 기울일 여력도 없었을 거다. "할 놈은 알아서 한다"는 게 엄마의 철학이었다. 당연히 공부하라는 말을 포함한 기타 잔소리를 들어본 기억이 별로 없다(엄마가 거의 집에 없어서인 이유도 있겠다). 자유와 방목과 존중 사이를 아슬아슬하게 줄타기하던 엄마에게도 아이들을 통제하기 위해 자주 쓰던 말이 하나 있었다.

"안 되는 건 안 되는 거야!"

엄마는 해줄 수 없는 일 앞에서 내가 한두 번 조르는 것을 허용하지 않았다. 그 강력한 말이 떨어지면 나는 언제나 얼음이 되어 소소한 바람과 욕망과 철없음을 말없이 착착

접어 마음의 서랍 한구석에 밀어 넣었다. 일관된 훈육의 결과 온순한 아이로(기질적으로도 그렇고) 자라났지만, 어른이 된 지금 그때의 작은 나를 떠올리면 조금 안쓰럽다. 엄마의 단호하고 한결같은 어떤 태도들이 아이에게 한계를 알려주려는 나름의 훈육이었다는 걸 지금이야 이해하지만, 훈육의 앞뒤에 아이의 마음을 헤아려주는 말이 있었다면 더 좋았겠다는 아쉬움은 있다.

어른의 말에 반발하고 싶지만 할 수 없었던 어린 내가 내 안에 아직 남아 있기 때문일까. 동화 속에서 이런 캐릭터를 만날 때면 '요 녀석 봐라' 하는 마음보다 이상하게도 후련한 마음이 든다.

> "조마구. 넌 어떻게 그렇게 사사건건 말대꾸냐?"
> 선생님이 목소리를 높였다. 조마구가 바로 대꾸했다.
> "선생님은 어떻게 그렇게 사사건건 잔소리세요?"
> "너는 애가 왜 이렇게 뺀질뺀질해?"
> "선생님은 어른이 왜 이렇게 발끈발끈해요?"
> ─ 보린, 「쉿! 안개초등학교」

우리 집 어린이는 온순하고 포기가 빨랐던 어린 나와는 조금 다른 것 같다. 가끔 조마구 같은 기질이 엿보일 때도 있으니까. 아이가 초등학교 3학년이 되었을 때, 이제 자기가 할 일은 스스로 해줬으면 하는 마음에(잔소리하기에 지쳐서) 포스트잇 한 장을 떼어 아이 방 책상에 이렇게 써 붙여놓은 적이 있다.

알림장 확인하기

숙제 있으면 숙제하기

준비물 확인하고 가방 스스로 챙기기

학교에서 돌아온 아이가 가방을 휙 던져놓자마자 나는 이때가 기회라며 말했다.

"학교에서 돌아오면 해야 할 일, 네 책상에 붙여놨거든. 이제 알아서 할 때도 됐지? 가서 확인해."

아이를 내 생각대로 이끌려고 할 때마다 아이는 자신이 주체적이고 개별적인 인간이라는 것을 자신만의 방식으로 일깨워준다. 다음 날 아이 방에 들어간 나는 책상을 보고 혼자 웃음을 터뜨렸다. 내가 붙여놓은 포스트잇 위에 보란 듯이 다른 두 장의 포스트잇이 붙어 있었다. '해야 할 일'을 야무지게 가린 채. 첫 번째 포스트잇에는 엄마의 일방적인 메시지에 항의하듯 이모티콘 비슷한 그림이 여섯 개나 그려져 있었다. 화난 눈썹. '메롱' 하는 입. 할 말을 쏟아내느라 울룩

불룩한 입. 찡그린 눈썹과 길어진 눈. '이건 좀 아니지' 싶은 표정의 갈매기 눈썹과 일자 입술. 또 다른 포스트잇에는 삐뚤빼뚤한 글씨로 이렇게 쓰여 있었다.

어쩔티비 저쩔티비
(어쩌라고, 가서 티비나 봐라. 뭐 이런 뜻이라고 한다.)

속으로 '이놈의 자슥'을 외쳤지만, 한편으로는 어떤 식으로라도 자신의 마음을 표현하며 귀엽게 발끈하는 모습이 부럽기도 했다. 그러면서 바랐다. 마음을 억누르지 않고 어떻게든 표현하려는 의지를 앞으로도 잃지 않았으면 좋겠다고. 언젠가 마음과 머리가 이해할 수 없는 어려운 상황이 오면 용기 있게 저항하라고. 세상이 너를 바꾸게 하지 말고 네가 세상을 바꾸는 사람이 되라고. 아이의 명랑만화 같은 메시지 앞에서 안 어울리게 이런 거창한 생각을 하는데, 뜬금없이 언젠가 읽었던 김애란의 소설(「서른」, 『비행운』)에 나오는 유명한 문장이 떠올랐다.

"너는 자라 내가 되겠지…… 겨우 내가 되겠지."
바꿀 수 없는 것과 어쩔 수 없는 것들 사이에서 무력한 어른이 된 주인공이 학원가를 오가는 아이들을 보며 했던 그 말이 하필 그 순간 떠오른 이유는 무엇이었을까.

곧 알았다. 할 말은 할 줄 아는 요즘의 어린이들을 보면서 나는 주문처럼 꼭 한번 이렇게 말해보고 싶었던 거였다.

"너는 자라 네가 되겠지…… 마침내 네가 되겠지."

나비
포옹법

마치 누군가 브레이크를 밟고 있는 것처럼 아무리 애를 써도 더는 나아가지 못할 것 같은 순간이 있다. 내가 왜 이렇게까지 해야 하지. 이 모든 게 정말 날 위한 건가. 언제까지 어디까지 해야 하는 걸까. 다시 주어진 하루 앞에 크게 한숨을 쉬어봐도 좀처럼 용기도 의욕도 나지 않는 날.

한때는 이런 버거운 감정이 어른들의 것이라고만 생각했다. 어린이라고 해서 삶의 무게가 가볍기만 할 리는 없을 텐데. 이해할 수 없는 것이 어른보다 더 많을 수밖에 없는 시간을 사는 어린이기에 오히려 일상의 스트레스에 더 취약할 수도 있는데 말이다.

작년 언젠가 학교에서 돌아온 아이의 표정이 좋지 않았

다. 잠시 쉬었다가 영어 학원에 가야 할 시간이었다.

"영어 학원 안 다니고 싶다."

잘하다가도 한 번씩 투정을 부리는 게 아이들이지. 처음엔 대수롭지 않게 생각했다. 자기 나름의 스트레스를 슬쩍 비쳤으나 엄마의 반응이 없자 서운함까지 더해졌는지 아이는 조금 더 강하게 자신의 감정을 표현했다.

"영어 학원 다니는 거 싫다고! 가기 싫다고! 진짜 힘들다고!"

바람 잘 날 없는 게 육아다. 크게 숨을 한 번 쉬고 말했다.

"지난주만 해도 잘 다녔는데 왜 그래. 어떤 게 힘든데?"

"지겨워. 맨날 똑같은 것만 반복하고. 재미가 없다고."

"전에는 재밌다고 했잖아. 원어민 선생님도 엄청 웃겨주신다면서 좋아했잖아."

"그건 가끔이고. 읽은 거 또 읽고 또 하고. 엄청 지루하다니까. 일주일에 세 번이나 가는 것도 힘들어. 그만큼 엄마랑 떨어져 있잖아. 놀지도 못하고. 쉬고 싶다고. 학원 가기 싫다고!"

참고 있던 말을 쏟아내자 감정이 북받쳤는지 아이는 갑자기 눈물까지 뚝뚝 떨어뜨렸다.

"그래, 그럼 어떻게 했으면 좋겠어? 그만뒀으면 좋겠어?"

"몰라. 안 가고 싶은데, 안 가면 안 될 것 같고. 흑흑."

"엄마가 어떻게 도와줬으면 좋겠어?"

아이는 쿠션에 얼굴을 묻고 더 크게 울기 시작했다. 이를 어쩐다. 이 폭풍을 어떻게 잠재우나. 심란한 마음으로 아이를 보다가 애써 마음을 가라앉히고 물었다.

"안아줄까?"

얼굴을 들지 않은 채로 고개를 끄덕거리는 아이에게 가까이 다가가 심장과 심장이 맞닿을 수 있도록 꼭 안았다. 한참을 아이의 등을 토닥이며 안고 있자 이런저런 말로도 진정되지 않던 아이의 울음이 조금씩 잦아들기 시작했다.

솔직히 예전의 나였다면 이렇게 말했을 거다.

"그렇게 다니기 싫으면 당장 때려치워! 돈이 남아서 학원 보내는 줄 알아?"

다시 찾아온 폭풍에 다행히 크게 휘둘리지 않고 '포옹'이라는 적절한 해결책을 떠올린 건 예전에 읽은 소설 때문이었다.

내가 미쳐서 이렇게 진상을 떨 때면 이모가 흔히 쓰는 방법이 있었다. 숨도 쉬지 못하도록 꼭 껴안아서 내 입을 틀어막아버리는 거였다. 밧줄처럼 나를 단단히 휘감는 이모의 팔뚝 안에서, 눈앞이 어지럽도록 미쳐 날뛰던 마음도 호흡도 천천히 가라앉았다.

— 심윤경, 「설이」

어른의 눈에는 진상으로 보이는 아이들의 토로나 울음이 하나의 신호일 때가 많다는 걸 아이를 키우면서 자연스럽게 알게 됐다. 힘들고, 아프고, 버거울 때 아이들은 어른들에게 어떻게든 신호를 보낸다. 그 신호를 빠르게 알아채고 마음에 반응하면 아이는 금세 나아지지만 그걸 놓치면 곧 몸으로 신호를 보낸다. 머리가 아프다거나 배가 아프다고 호소를 하거나 심하면 토하기도 한다. 나의 아이는 주로 두통을 호소할 때가 많았고, 상황이 나아지지 않으면 어릴 때부터 골치인 비염이 심해져 부비동염으로 고생을 했다. 마음이 아프면 곧 몸이 아프게 된다는 당연한 사실을 육아의 시행착오를 거듭하면서 알게 되었다.

생각해보면 아이의 마음을 이해 못 할 일도 아니었다. 2학년이 되면서부터 아이가 해야 할 일들은 부쩍 많아졌다. 코로나 영향으로 학교에는 거의 나가지 못한 채 집에서 한가한 시간을 보내던 1학년 때와 달리, 꼬박꼬박 아침에 일어나 학교에 가야 했고 학원 스케줄도 늘었다. 게다가 주변의 어른들은 아이가 조금 컸다고 뭐든지 혼자 해보라며 쉽게 말했을 것이다. 왜 해야 하는지 명확한 이유를 모르면서도, 다들 하는 공부니까 고사리 같은 손으로 연필을 쥐고 책상에 앉아야 하는 일이 어떤 날은 못 견디게 싫었을 거라는 걸 왜 모르겠는가. 어른들의 기대 속에 한껏 잘 해내야 하는 일들이 늘어만 가는 상황에서 아이들은 나름의 스트레스와 싸우고 있는지도 모른다. 어른들만 꾸역꾸역 일상의 무게를 견디고 있는 게 아닌 거다. 다행히도 아이들의 대부분은 자신의 상황을 어른들이 공감해주는 것만으로도 빠르게 다시 평상심을 회복하고 자신의 몫을 성실히 해내려고 노력할 때가 많다.

영어 학원에서 돌아온 아이의 표정이 나쁘지 않았다.

"그래, 오늘 수업은 어땠어?"

아이는 진상을 떤 적이 없는 것처럼 말간 표정으로 대답했다.

"재밌었어."

"장난하냐. 재밌었다고?"

"선생님이 그러는데, 영어는 반복하는 맛이래. 나 영어 학원 계속 다니기로 했어."

폭풍이 지나가고 아이는 다시 평온한 일상으로 돌아왔다.

아이는 안아주면 된다 치고, 어른들은 어떻게 해야 할까. 다 큰 어른이나 돼서 힘들 때마다 누군가를 찾아가기도 어렵고, 찾아간다고 해도 어쩐지 안아달라고 말하기도 좀 뭣하다. 그럴 땐 '나비 포옹법'을 떠올려보자. 마음이 괴로워

숨을 쉬기가 힘들 때, 불안한 마음 때문에 심장이 심하게 요동칠 때, 나 자신을 내가 안아주는 거다. 눈을 감은 채 양팔을 엇갈려 양측 팔뚝에 두고, 나비가 날갯짓하는 것처럼 왼손과 오른손으로 번갈아 자신을 토닥여주면 따뜻한 체온을 느낄 수 있다. 잘하고 싶지만 못해낼 것 같은 불안한 상황에 빠진 속상한 나를 위로하고 격려하는 건데, 트라우마 안정화 기법으로도 효과가 있다고 한다.

자신을 달랠 방법을 스스로 찾아가는 게 어른이지, 생각하면서도 한편으로 슬쩍 궁금해진다.

언제까지 내가 나를 안아주어야 하나.

전문가도 아닌 주제에 나는 불쑥 나서서 이렇게 답한다.

외로운 우리가 서로를 만날 때까지.

시차의
슬픔

왜 어떤 사람은 살고 싶지 않을까?

개가 있고 나비가 있고 하늘이 있는데.

어떻게 아빠는 살고 싶은 마음이 안 들까? 내가 세상에 있는데.

왜 그런지는 아무도 몰랐다. 그냥 그랬을 뿐.

— 사라 스트리츠베리, 『여름의 잠수』

　소녀의 아빠는 지금 병원에 있다. 아빠는 생의 슬픔과 싸우는 중이었다. 한동안 있다고 믿었던 날개가 사라졌기 때문에 슬픈 거라고 말하는 아빠의 말이 소녀는 어렵다. 이렇게 사랑하는 내가 있는데 왜 아빠가 웃지 않는 건지 이해할 수가 없다. 복슬복슬한 강아지의 털만 쓸어도 행복이 몽

실몽실 피어오르고, 새초롬하게 날개를 모아 앉아 있는 나비 옆에만 가도 기분이 짜릿하고, 잔디밭에 누워서 하늘의 구름이 변하는 모양만 보고 있어도 너무 재미있는 시간을 사는 소녀는 아직 모른다. 환희와 경이와 감탄이 가득 차 있는 세상의 뒷면에 우울과 슬픔과 절망이 숨어 있다는 것을. 언제까지나 모를 수는 없을 것이다. 소녀는 자라고 또 자랄 테니. 언젠가 어른이 되어 생의 그림자를 마주하게 되면 지금의 아빠를 이해하게 될 날이 올 것이다. 언젠가의 우리들처럼.

나는 엄마의 등을 보는 게 싫었다. 어쩌다 한 번씩 벽을 보고 모로 누워 있는 엄마의 등을 볼 때면 마음이 시렸다. 내가 왔는데, 일어나지도 않고 왜 뒷모습만 보여주는 걸까. 나를 보고도 웃지 않는 엄마를 보며 조금 슬펐다. 내가 엄마의 기쁨이 될 수 없다는 것에. 엄마의 등에 무엇이 묻어 있는지는 알아채지 못했다. 어쩌면 알려고 하지 않았을 수도 있다. 고작 열몇 살이었던 나는 잠시 시름에 젖었다가도 다시 내 세상으로 돌아가 기다렸다. "우리 딸, 뭐 먹고 싶어?" 세상에서 가장 다정한 말을 건네줄 엄마를.

그때의 엄마를 떠올린 건 언젠가 아이가 내게 이렇게 말했을 때였다.

“엄마, 오늘은 왜 안 웃어?”

무엇 때문이었는지 잘 기억나지 않지만, 그때 나는 아이의 천진한 미소로도 상쇄될 수 없는 어떤 자괴감과 생의 비루함에 지쳐 있었던 것 같다. 내가 통제할 수 없는 게 인생이라는 걸 일찌감치 인정하며 살아가다가도 한 번씩 견딜 수 없는 날이 찾아온다. 그날이 그랬을 것이다.

뒤늦은 이해는 불현듯 찾아왔다. 엄마의 웅크린 등은 내 힘으로 어쩔 수 없는 세상에 대항하는 침묵의 시위였구나. 삶을 묵묵히 받아들였던 지난 시간에 대한 보상이 이것밖에 되지 않느냐며 누군가에게 따지고 싶은 마음을 애써 누르기 위해, 누군가를 향한 원망과 분노에 잡아먹히지 않기 위해, 삶이 짓어누르는 무게를 견디기 위해 엄마는 그때 잠시 숨을 고르고 있었던 거였구나. 차마 생의 우울과 서러움을 아이에게 다 보여줄 수는 없어 그저 뒷모습만 보여줬구나. 이 별것 아닌 사실 하나를 깨닫는데 이렇게 오래 걸렸다니. 이것이 나의 탓만은 아니라는 것을 안다. 시차 탓이다. 나와 부모의 시차.

한 박자 늦게 찾아오는 깨달음 때문에 코끝이 찡해지는 순간은 살다 보면 종종 찾아온다. 당신에게도 그런 날이 있거나 아니면 찾아올 것이다. 원망을 쏟아내던 당신을 피해

쓸쓸히 뒤돌아선 부모의 표정이 어떤 것이었는지를 깨닫는 날, 부끄럽고 창피하게만 느껴지던 당신 부모의 노동이 눈물겹게 감사하게 느껴지는 날, 생의 한숨을 들키지 않기 위해 고인 눈물을 훔치며 씩씩하게 당신을 향해 웃던 그의 심정이 비로소 헤아려지는 날, 그저 그런 부모라고 생각했던 그가 얼마나 괜찮은 부모였는지를 느끼는 날. 그렇게 뒷북을 치며 찾아오는 깨달음의 순간 앞에서 언젠가의 나는 그런 생각을 했다. 어쩌면 타인을 이해하는 일에도 정도의 차이가 있을 뿐 이렇게 시차가 있는 것은 아닐까. 까맣게 잊고 있던 기억이 툭 튀어나와, 아, 그래서 그랬구나, 그럴 수밖에 없었겠구나, 그때 내 눈에 보인 게 다가 아니었어, 탄식이 섞인 한마디를 하던 순간. 죽어도 이해할 수 없을 것 같은 사람을 시간이 지나 나도 모르게 이해하게 되던 순간들이 내게도 분명 있었다. 마주 보는 시간에, 함께 하는 시간에 서로를 이해할 수 있었다면 더없이 좋으련만, 언제나 깨달음은 누군가 떠나고 나서, 어느 정도의 시간이 지나고 나서야만 불쑥 찾아오는 것일까. 그래서 우리는 너 나 할 것 없이 그토록 외로운 것일까. 여기에 어쩔 수 없는 생의 슬픔이 있다…… 라고 말하려는데 그런 생각도 든다.

만약 타인과 나 사이에 좁힐 수 없는 시간의 낙차가 존재한다는 것을 인정할 수 있다면, 잊지 않을 수 있다면, 그렇다면 우리는 지금보다 서로에게 더 너그러워질 수도 있지 않을까. 아직 도달하지 않은 이해를 기다리는 마음으로 상대를 바라보면 우리는 조금 미안해질 테니. 내가 겪어본 만큼만, 아는 만큼만, 보고 들은 만큼만, 겨우 상상한 만큼만, 딱 그만큼만 상대를 헤아릴 수밖에 없는 나의 깜냥이. 제때에 알지 못해 오래 누군가를 외롭고 서럽게 한 것이.

그러다 이제는 만날 수 없는 인연을 때늦게 이해하는 순간이 오면 어떻게 해야 하나. 그런 생각을 할 때면 언제나 별수 없이 반성문을 쓰듯 마음에 메시지를 남기게 된다.

그때, 얼마나 외로웠어?

그런데 어떻게 견뎠어?

정말 미안해.

너무 늦게 알아서.

내가 이것밖에 안 되는 사람이어서.

그건 절대
당신 잘못이 아니에요

　명랑한 목소리가 햇살처럼 쨍했다. 초등학교 4학년쯤 되었을까. 책가방을 멘 여자아이 다섯이 함께 하교하는 길. 찰랑거리는 머릿결과 발랄한 발걸음이 뒷모습만으로도 저절로 눈이 갔다. 뭐가 그렇게 하고 싶은 말이 많을까. 귀를 최대한 크게 하고 재잘대는 말소리에 집중하는데 한 아이가 친구에게 하는 말이 들렸다.

　"넌 왜 얘기를 안 해?"

　그 말과 함께 아이는 외따로 걸어가던 친구의 가방을 잡아 자기 쪽으로 살짝 끌어당겼다. 친구를 챙기는 아이가 기특해지려는 순간, 다음 말이 마음을 좀 사늘하게 만들었다.

　"야, 왜 그래. 왕따처럼."

아이의 말을 들은 친구의 까맣고 윤나는 단발머리가 살짝 흔들렸다. 친구는 아무 말도 하지 않았고 여자아이들은 아무 일도 없었던 것처럼 계단을 뛰어 올라갔다.

특별히 악한 마음을 먹지 않아도 어떤 사소한 말들은 누군가를 소외시킨다. 또 누군가에게 부당한 낙인을 찍기도 한다. 아이의 세계에서도 어른의 세계에서도 그런 일이 얼마든지 일어난다는 걸 알 만큼 세상을 살았기 때문일까. 그냥 지나칠 수도 있었을 상황이 한동안 눈에 밟혔다.

이걸 어쩌면 좋지, 싶어서 숨도 안 쉬고 읽을 수밖에 없었던 동화가 있다.『13일의 단톡방』(방미진 글)은 사회문제인 사이버 폭력을 담은 작품이다. 고개를 젖히고 크게 웃을 정도로 밝고 쾌활했던 4학년 소녀 민서는 어느 날부터 병에 걸린 사람처럼 학교에 다니고 있다. 학교에만 가면 "물도 없이 고구마를 씹어 삼킨 것"처럼 가슴이 꽉 막힌다. 얼마 전 같이 다니는 친구들의 단톡방에서 '읽씹(읽고 씹기)'을 당했기 때문이다. 답답한 민서가 이리저리 연락을 취해봐도 확실하게 알 수 있는 건 어제까지 웃고 떠들던 친한 친구들이 모두 민서를 피하거나 외면한다는 사실뿐이었다. 은근한 따돌림은 바이러스처럼 반 전체로 퍼진다. 설마 했는데, 이제는 '반톡'에서도 민서를 유령 취급한다. 그건 교실에서도 마찬가지. 아무도 말을 걸지 않는 교실에서 더는 웃을 수도 밥을 먹을 수도 고개를 들 수도 없는 민서. "차라리 대놓고 욕이라도 하면 싸워나 볼 텐데" 이유도 알려주지 않은 채로 존재를 거부당하니 뭘 어떻게 해야 할지 이 상황이 너무나 당황스럽다.

이대로 당하고만 있을 수 없다고 생각한 민서는 어디서 어떻게 시작된 건지 누가 그런 건지 꼭 밝혀내겠다고 다짐한 뒤 용기를 내 친구들과의 '단톡'에 다시 들어가는데, 여전히 친구들은 민서의 톡을 읽지 않는다. 바로 그때, 카톡방을 돌아다니며 아이들의 비밀을 폭로하고 홀연히 사라지기로 유명한 해커 루킹이 민서에게 말을 건넨다. 어떻게 이 방에 들어온 거지. 어쩌면 이 모든 건, 자극적인 소문을 흘리거나 훔쳐본 대화를 공개해 싸움을 붙이는 루킹이 한 짓일까. 민서가 의심을 드러내자 루킹은 발끈하며 범인을 찾아주겠다고 약속한다.

밝혀낸 따돌림의 시발은 너무나 사소해서 어이가 없다. 민서가 친구 넷이 함께 찍은 사진을 프로필에 올린 게 문제였다. 사진 속 한 친구가 짝눈을 하고 있었다. 민서만 잘 나온 데다 친구는 눈까지 감은 사진. 그 사실을 두고 다른 친구가 민서를 욕했고, 오픈 톡방에서 누군가 그 이야기를 전하면서 민서와 어울리지 말자는 분위기가 바이러스처럼 퍼져

나갔다.

　대단한 악의가 상황을 나쁘게 만든 것은 아니었다. 그저 누군가를 좋아하는 일보다 싫어하는 일이 더 쉬워서, 성실하게 자기 일에 몰두하느라 여유가 없어서, 잘못 나섰다가 같은 일을 당할까 봐 무서워서 침묵하고 동조하고 한마디를 보태는 사이 따돌림의 행태는 눈덩이처럼 불어난다. 비방과 험담이 가득한 단톡방은 뉴스나 SNS에 달리는 악의적인 댓글과 다르지 않고, 근거 없는 악담들은 칼날이 되어 작은 존재의 일상을 사정없이 헤집어놓는다. 아이들의 냉담한 시선과 외면 속에서 민서의 영혼은 오도 가도 못한 채 얼어붙어 버린다.

　아이를 낳고 키우다 보면 온갖 걱정이 느는데, 그중 나를 가장 전전긍긍하게 만드는 것은 '관계'에 대한 일인 것 같다. 저 작은 아이가 혹시 상처 입으면 어쩌나. 반대로 누군가를 아프게 하면 어쩌나. 삶의 경험이 늘어날수록 인간관계가 얼마나 어려운 일인지 체감하는 일들은 계속 늘어난다. 관계란 혼자만 노력한다고 되는 일이 아니기에 더 그렇다. 많은 관계가 어디서 어떻게 잘못된 건지도 모른 채 허물어지거나 상처를 응시해야 할 때마다 영혼의 모서리가 조금씩 부서지는 것만 같다. 그때마다 우리는 그 이유를 너무나 간절하게 알고 싶기에, 지나간 일을 끊임없이 리플레이하며 내가 혹여나 실수하거나 잘못한 것은 없는지 되짚고 되짚어본다. 제발 그러지 말라고, 먼저 상처받았던 이들 중에서 어떤 이들은 기꺼이 '상처받은 치유자'가 되어 우리의 손을 잡아 이끈다.

실은 루킹은 민서처럼 과거에 따돌림을 겪었지만 끝내 상처를 극복하지는 못했다(그 이유가 무엇인지는 책을 통해 확인해주시길). 하지만 민서만은 지혜롭게 무사히 이 시간을 헤쳐나가길 바라며 루킹은 진심을 담아 뒤늦은 후회를 전한다.

"먼저 말 걸어볼걸. 대꾸 안 하고 무시해도 신경 쓰지 말걸. 쿨하게 넘기고 기 안 죽고⋯⋯ 그냥 내 식대로 살걸. 뒤에서 수군거리는 거 그까짓 거 다 별거 아닌데. 그때는 교실이 세상의 전부인 줄 알았어. 애들 말 한마디에 눈빛 한 번에 나는 천국과 지옥을 오갔어. 나는 그렇게 작은 세상에 살았어. 마치 우물 안 개구리처럼. 세상은 그렇게 작은 게 아닌데."

우리는 누구나 어디에서든 환영받는 존재이길 바라지만, 현실은 그렇지 않다. 때로는 알 수 없는 이유로 누군가 내게 등을 돌리고, 습관처럼 아무렇지 않게 멸시와 무례를 저지르고, 사랑과 증오가 섞인 악의를 보이고, 선망과 열등감을 이유로 비방을 하고, 빠르게 손익을 따져 소중한 인연을 버린다. 왜 그래야 했을까. 무엇 때문에 나는 이 진창 속에서 헤매야 하나. 이해하려고 애쓰면 애쓸수록 마음은 지옥이 된다. 그럴 때는 인간관계를 처음 배우는 사람처럼, 다시 아이로 돌아가 담임선생님이 해주셨을 법한 이야기에 마음을 기대보는 것도 나쁘지 않다.

"내가 누군가를 미워할 수도 있고, 누군가가 너를 미워할 수도 있어. 그렇다고 네가 소중한 존재가 아닌 건 아니야."(이서윤, 『이서윤의 초등생활 처방전 365』)

어떤 해에는 좋은 친구들과 더없이 행복하게 지내기도 하지만, 다른 해에는 1년 내내 외로울 수도 있다고, 관계의 상당 부분은 '운'이 작용한다는 한 초등학교 선생님의 말씀(이성종, 『당신 아들, 문제없어요』)을 기억하는 것도 관계에 허덕일 때 도움이 될 수 있다. 복잡하고 어렵게 생각하는 대신 그저 운이 나빴을 뿐이라고 문제에 단순하게 접근할 수 있어야 감정을 빠르게 회복하고 일상으로 돌아올 수 있기 때문이다.

말처럼 쉽지 않을 수 있다. 어떻게 해도 진창이 된 마음을 어쩌지 못할 때도 있는 것이다. 그럴 때는 원망해도 괜찮다고 생각한다. 나는 왜 이렇게 못났을까. 내가 만만하니까 이런 일을 겪은 거지. 내가 가치 없는 인간이니까 이런 일이 생긴 거야. 자신을 괴롭히는 말들을 애써 찾아가며 상처 입은 마음을 다시 헤집는 것보다 차라리 상처 준 상대를 속으로 원망하고 미워하는 게 낫다. 내가 가장 사랑하고 아껴야 하는 존재는 바로 나니까. 용서고 이해고 뭐고 내가 나를 아끼고 사랑한 다음에야 할 수 있는 일이다. 그래서 나는 상처받고 나서 습관처럼 내가 나를 할퀴려고 할 때면 일부러 이 말을 생각한다.

"It's not your fault."

영화 〈굿 윌 헌팅〉에서 가정폭력으로 상처 입은 윌이 자신과 세상을 거칠게 대할 때, 그의 얼굴을 감싸고 램보 교수가 했던 말.

이 영화를 처음 봤던 20대에는 램보 교수가 왜 윌을 붙잡고 이 말을 그렇게 여러 번 반복하는지 이해하지 못했다. 이제는 안다. 어떤 상처는 한마디의 말로는 치유될 수 없다. 여러 번의 인정과 사과가 필요한 상처들이 있는 것이다. 하지만 잘못을 저지른 상대가 언제나 뼈아픈 사과를 내가 원하는 만큼 해주는 것은 아니다. 그러니, 상처에 무너지지 않기 위하여 우리가 우리에게 몇 번이고 이 말을 해줘야 한다.

"It's not your fault, It's not your fault, It's not your fault⋯⋯"
라고.

그래서 나는 다시 한번 말한다.

"그건 절대 당신 잘못이 아니에요."

내가
지켜줄게요

"아니, 이 좁은 땅덩어리에서 즈그 부모한테 맞고 사는 애들은 수십 만이라는데 그 애들이 갈 수 있는 시설은 뭐, 동네 노래방 숫자보다 적다는 게 말이 됩니까?"

영화 〈미쓰백〉에서 부모에게 학대받는 지은을 위해 보호시설을 찾던 형사는 분노한다. 맞고 사는 애들이 수십만이라는 것에. 그렇게나 많은 아이가 맞고 사는데도 그 아이들을 보호해줄 시설 한 군데를 찾는 것이 하늘의 별 따기만큼 어려운 현실에. 미쓰백은 일찍부터 세상을 믿지 않았다. 술에 취해 이성을 잃은 엄마에게 피가 나도록 맞았을 때도, 엄마가 그런 자신을 믿지 못해 미쓰백을 버렸을 때도 세상은 자신의 편이 아니었다. 그것이 바로 미쓰백이 지은을 보고 돌아설 수 없었던 이유였다.

　미쓰백이 지은을 처음 만난 건 혹독한 찬바람이 부는 겨울날이었다. 고된 노동을 담배로 위로하고 있던 미쓰백의 헛헛한 눈동자에 겉옷도 입지 않은 채 길바닥에서 오들오들 떨고 있는 가녀린 아홉 살 여자아이 지은이 운명처럼 들어왔다. 입고 있던 잠바를 걸쳐주고 근처 포장마차로 데리고 갔더니 며칠이나 굶은 것처럼 계란말이를 입에 욱여넣는 지은. 가만히 살펴보니 심하게 마른 데다 여기저기 상처와 멍 투성이다. 한눈에 학대받고 있다는 걸 알아보고 부모가 때렸냐고 묻자 지은은 대답 없이 고개만 젓는다. 지은을 집에 데려다주면서 본 아이의 아빠와 내연녀의 품행은 역시나 의심스럽다. 더는 상관하지 말자. 자신의 인생을 견디는 것만으로도 버거운 미쓰백은 외면하고 싶었다. 그러나 또다시 홑겹의 옷만 입은 채 맨발로 거리에 나와 서 있는 지은을 보는 순간 참을 수가 없어 또다시 지은을 품는다.

　"미쓰백은 미쓰백이 싫어요?"

　이렇게 얼굴도 예쁜데, 날 이렇게 챙겨주고 생각해주는 좋은 사람인데, 왜 미쓰백은 단 한 번도 웃지 않는지, 왜 늘 화난 사람 같은 표정을 짓고 거친 말을 쓰는지 지은은 궁금하다.

미쓰백은 자신을 사랑하는 일이 세상 무엇보다 어려운 사람이었다. 아빠가 죽고 난 뒤 술에 취한 엄마는 자신을 때렸고, 그리고 버렸다. 그럴 때 아이들은 제일 먼저 자책을 한다. 부모의 사랑이 절실하고 필요한 아이들은 부모에게 문제가 있고 그들이 잘못되었다는 생각을 품는 것 자체가 무서운 일이다. 그래서 부모를 공격하는 대신 자기를 공격하기도 한다. 어린 미쓰백에게는 엄마와 세상을 이해하는 것보다 자신을 미워하는 일이 더 쉬웠을지 모른다.

미쓰백은 고민 끝에 지은의 아빠와 내연녀를 아동학대로 신고했다가 자신이 전과자인 게 밝혀지면서 오히려 납치범으로 몰린다. 세상이 그렇지. 나 같은 게 무슨 애를 지키겠어. 지은을 애써 외면하며 살던 곳을 뜨기로 한 날. 미쓰백은 차마 떨어지지 않는 발걸음을 이기지 못하고 공항으로 가던 차를 급하게 돌려 지은의 집으로 간다. 때마침 화장실 창문으로 탈출하려던 지은이 2층에서 떨어지는 걸 아슬아슬하게 구하는 미쓰백. 도망치듯 모텔로 왔지만 미쓰백은 자신이 아이를 위해 무엇을 할 수 있을지 심란하다.

욕실에 앉아 아이를 씻길 물을 받으며 겉옷을 벗었을 때였다. 지은이 미쓰백의 등에서 커다란 흉터(술 취한 엄마가 저지른 폭행으로 인한)를 발견하고는 조용히 다가와 그 상처를 가만가만 쓸어준다. 자신의 몸도 온갖 상처와 멍투성이면서. 미쓰백은 돌아보지 않고 나직하게 지은에게 약속한다. 옆에 있어주겠다고, 지켜주겠다고. 그러자 지은이 말한다.

"나도 지켜줄게요."

지은의 마음을 받아도 되는 것일까. 음지에서 세상을 욕하며 살아온 내가, 가진 것도 없고 가르쳐줄 것도 없는 내가 너를 지켜도 되는 걸까. 그것이 과연 옳은 일일까. 미쓰백의 마음에 한 치의 망설임이 없었던 것은 아니었다. 아이를 학대하던 내연녀와 몸싸움 끝에 눈가가 찢겨 피를 흘리면서 미쓰백은 묻는다.

"이런 나라도 같이 갈래?"

미쓰백의 상처를 보며 눈물을 흘리던 지은은 고개를 끄덕인다.

"같이 가요."

그것은 당연한 대답이었다. 지은은 그저 미쓰백이면 되었다. 다른 건 아무것도 상관없었다. 그것은 아이들이 부모가 잘났건 못났건 어떤 조건도 상관없이 존재 자체만으로 그들을 사랑하는 마음과 같은 것이었다. 그 사랑은 지은의 말대로 미쓰백을 지킨다. 감정 없는 기계처럼 살기를 자처했던 미쓰백은 자신이 누군가가 사는 데 꼭 필요한 존재가 되는 순간, 절규하고 울음을 터뜨리는 뜨거운 피를 가진 인간으로 돌아온다. 자신을 세상의 구석으로 몰았던 삶의 결핍을 딛고, 자신이 결코 가질 수 없었던 것을 자신을 닮은 아이에게 온 힘을 다해 내어주면서 영혼은 비로소 구원받는다. 엄마에게 버림받던 순간 자라지 못했던 어린 마음도 지은의 사랑과 함께 성장을 시작한다. 이제 미쓰백은 아이와 함께 세상으로 나아갈 것이다.

한때 나는 작고 무력한 존재인 아이를 그저 어른이 돌보고 지켜야 하는 대상이라고만 여겼다. 아이를 키우면서는 어른에게 받은 것 이상의 무한한 사랑을 주는 존재가 아이라는 것을 자연스럽게 알게 됐다. 툭하면 화를 내고, 걸핏하면 약속을 잊고, 무시로 잔소리를 쏟아내는 나를 그저 나라는 이유만으로 사랑해주는 작은 존재. 아이는 나를 보며 가장 많이 웃는 사람이자, 나의 온갖 실수를 가장 많이 용서해준 사람이며, 내게 가장 많은 칭찬을 해준 사람이다. 그저 그런 나를 과하게 사랑해주는 아이 덕에 나는 자신을 예전보다 더 사랑하게 되었다. 헤어져 다시 만날 때마다 두 팔 벌려 나를 향해 달려오는 모습을 보거나, 놀이에 빠져 있다가도 불쑥 고개를 돌려 나의 존재를 확인하고 안심한 얼굴로 "사랑해" 하는 목소리를 들을 때는 다짐한다. 아프지 말자고,

다치지 말자고, 죽지 말고 행복하자고. 아이들의 사랑은 언제나 삶을 버티게 하고, 다시 사랑하게 만든다. 아이들은 그렇게 어른을 지킨다.

소중한 누군가를 지키며 최선을 다해 사랑하면 할수록 우리는 강해진다. 아마도 그것이 우리가 이 험난한 세계에 맞서 싸우면서도 아직 무사한 이유일 것이다.

누구나 한 번은
기립 박수를 받아야 한다

　　내 목에는 가로로 6센티미터 정도의 흉터가 있다. 오래
전 암이 발견되면서 갑상샘 전절제 수술을 한 흔적이다. 회
복되는 과정에서 켈로이드 체질 때문에 상처 부위가 두껍게
튀어나왔고 색도 어둡고 칙칙한 갈색으로 변했다. 목의 한가
운데 이런 흉터가 생기면서 전에 없던 남다른 시선을 받기
시작했다. 내 목의 흉터를 발견한 사람들 대부분이 그 순간
내 눈을 피했다. 난 아무것도 못 봤어, 하는 것처럼. 목의 흉
터를 빤히 쳐다보며, 목이 왜 그래, 거리낌 없이 물어보는 사
람도 물론 있었다. 나는 곧 흉터 위에 컨실러를 바르기 시작
했다.

　　엄마의 장례식 날엔 컨실러 따위를 바를 정신이 당연

히 없었다. 상복 저고리가 V자로 되어 있어 흉터가 더 눈에 띄었나 보다. 곁에 있던 남편이 한마디를 했다. 가리는 게 어때? 이따 회사 사람들 다 올 텐데, 괜히 말 돌까 봐. 기분이 상했다. 이런 상황에서도 내가 왜 도대체 남의 눈을 신경 써야 하는 걸까. 암에 걸린 건 운이 나빴을 뿐이지 내 잘못도 아닌데. 낫기 위해 수술한 게 부끄러운 일도 아닐 텐데. 좀 억울한 기분이 들었다.

> "만약 요술 램프를 찾아서 한 가지 소원을 빌 기회가 생긴다면, 아무도 주목하지 않는 평범한 얼굴을 갖게 해달라고 빌겠다. 길거리에서 나를 보자마자 얼굴을 휙 돌려버리는 사람들이 없게 해달라고. 내 생각은 이렇다. 내가 평범하지 않은 이유는 단 하나, 아무도 나를 평범하게 보지 않기 때문이다."
> ― R. J. 팔라시오, 『아름다운 아이』

고작 6센티미터짜리 흉터만으로 불편한 시선을 받던 기억이 날 때면 소설 『아름다운 아이』(영화 〈원더〉의 원작)에 나오는 '어기'를 생각하곤 한다. 선천적 안면기형으로 태어난 것도 모자라 온갖 수술로 셀 수 없는 흉터를 가지게 된 열살 소년 어기. 생쥐 소년. 변종. 괴물. 프레디 크루거. 이티. 구토 유발자. 도마뱀 얼굴. 돌연변이. 지독한 별명을 가진 어기를 보는 순간 누군가는 비명을 질렀고, 누군가는 고개를 홱 돌렸고, 누군가는 몹쓸 것을 본 것처럼 몸을 떨었다. 그러니 학교에 간다는 건 수많은 상처를 입을 걸 각오하고 전쟁터에 나가는 것과 다름없는 일이다. 그래도 어기와 가족들은 용기를 낸다. 언제까지나 가족의 울타리 안에서만 살 수는 없으므로.

어느 날 학교에 다녀온 어기가 걱정된 누나 비아가 못되게 군 친구는 없었느냐고 묻자 어기는 까칠하게 되묻는다. 왜 사람들이 나한테 못되게 굴어야 하는데? 도저히 이해할 수 없다. 자기가 이렇게 태어나고 싶어서 태어난 것도 아닌데, 사람들한테 피해를 주는 것도 없는데 왜 괴롭힘과 멸시를 겪어야 하는지.

자신이 무슨 말을 하는지도 모르는 악의 없는 어린아이들과 달리, 무슨 말을 하는지 정확히 알면서도 굳이 무례한 말을 뱉는 열 살 친구들의 말은 어기의 마음에 수십 가지 상처를 입힌다. 그 사이에서 다행히 속 깊고 재미있는 친구 잭을 사귀게 되지만 잭마저 어기가 없는 자리에서 어기의 험담을 한다. 자신이 그렇게 생겼으면 자살했을 거라고. 어기의 일상은 세상에 나가자마자 송두리째 흔들린다.

어기의 상황을 감히 다는 아니겠지만 조금은 이해할 수 있다. 우리 또한 타인의 나쁜 말과 태도와 행동에 수없이 흔들렸고, 흔들리고 있으며, 그것을 떨치고 버리기 위해 누구나 안간힘을 쓰니까 말이다.

> "중요한 건 우리 모두 그런 나쁜 날들을 견뎌내야만 한다는 거야. 죽을 때까지 아기 취급받고 싶지 않으면, 아니 특별한 도움이 필요한 아이로 남고 싶지 않으면 받아들이고 이겨내야 해."

누나 비아의 말처럼 어기는 받아들이고 이겨내고 싶다. 삶이 어려운 이유는 각자에게 주어진 문제가 다 다르고, 그 답을 찾는 일을 누구도 대신해줄 수 없다는 데 있다. 어기는 어기만의 답을 찾을 수 있을까. 최악의 제비뽑기처럼 느껴지는 어기의 타고난 불운을 보면 이 우주가 어기를 버린 것만 같지만 우리는 곧 알게 된다. "우주는 자신의 모든 새를 저버리지 않는다"는 걸.

신은 어기에게 시련을 주는 대신 다른 것을 함께 주었다. 엉겨 붙은 입술과 흘러내릴 것 같은 눈과 불에 덴 흉터 같은 피부를 가진 어기의 얼굴에 날마다 뽀뽀를 하는 엄마와 아빠. 부모의 모든 관심과 애정을 어기에게 양보할 수밖에 없는 외로움에 시달리면서도 항상 어기를 응원하는 누나. 모두 자신을 전염병 환자처럼 대할 때 앞자리에 앉아 같이 점심을 먹고, 자신 때문에 왕따가 되는 것을 견디는 의리의 친구들. 어기를 사랑하는 가족과 친구들이 수호신처럼 항상 어기 주변을 맴돌고 있다. 그들의 응원으로 자신을 사랑하는 일을 끝까지 포기하지 않는 어기는 결국 자신만의 답을 찾아낸다.

어기는 깊은 상처에도 불구하고 다시 친구가 되기 위해서는 상대의 진심을 믿고 용서해야 한다는 것을 배우고, 악의가 넘치는 멸시와 무례에 선을 넘지 않으며 자신만의 유머로 응대하는 법을 깨치고, 타고난 불행에 좌절하는 대신 주어진 행운에 집중하는 태도를 익혀간다. 이제 어기는 삶의 불공평함과 자신의 문제를 가볍게 웃어넘기는 경지에 이른다. 이야기의 마지막 즈음, 못난이 인형 편지지에 무언가를 쓰며 속닥거리는 친구에게 어기는 이런 농담을 던진다.

"그 못난이 인형 만든 사람 말이야, 나를 모델로 했는데, 몰랐어?"

"진짜?"라며 놀라워하던 친구는 곧 어기의 농담을 알아듣고는 신나게 웃는다. 어기는 남다른 시련 덕분에 겨우 열 살의 나이에 터득한다. 내가 가진 문제와 한계까지 스스로 사랑할 수 있을 때 타인 또한 나를 사랑하고 받아들이기 쉽다는 것을. 다음 날, 어기는 친구에게 작은 못난이 인형 열쇠고리를 선물로 받는다. 이런 편지와 함께.

"세상에서 가장 멋진 어기 인형에게, 사랑을 담아."

그 누구보다 치열하게 자신의 한계와 싸우며 자신을 사랑하는 일을 포기하지 않은 어기에 대한 세상의 따뜻한 환대였다.

특별한 얼굴을 가진 어기뿐 아니라 우리 또한 자신을 사랑하기까지 오랜 투쟁을 거친다. 어떤 이는 오늘도 처절한 가난 앞에서 기를 쓰고 삶을 버텨내고 있을 것이다. 피부색, 성별, 장애에서 오는 차별과 편견에 맞서 무수한 전쟁을 치르고 있는 사람들도 있다. 세상 어느 구석에서는 무릎을 세우고 몸을 웅크린 채 홀로 지독한 외로움을 견디는 이가 있을지 모른다. 우리는 그렇게 각자의 한계와 문제를 안고 버티고 살아내면서 어기처럼 끊임없이 배운다. 우리가 지켜야 하는 진정한 가치에 대해, 좋은 사람과 나쁜 사람에 대해, 지켜야 하는 인연과 손절해야 하는 인연에 대해, 에너지를 집중해야 하는 일과 그렇지 않은 일에 대해, 자기 자신과 사이좋게 지내는 법에 대해.

아파본 사람이 아픈 사람을 가장 잘 이해하고, 상처가 있는 사람이 상처받은 이의 마음을 가장 잘 헤아리는 것처럼, 어기는 누구보다 잘 알고 있다. 누구나 저마다의 삶 속에서 고군분투하고 있다는 것을.

그래서였을까. 어기는 고맙게도 책의 마지막 장을 덮으려는 우리에게 잊지 않고 이런 응원을 전한다.

"누구나 살면서 적어도 한 번은 기립 박수를 받아야 한다. 우리는 모두 세상을 극복하니까."

나를 믿는
당신을 믿어요

이곳은 엄숙하고 조용하다. 들어가면 누구든지 두 손을 모은 채 좀처럼 말이 없다. 딱딱한 의자에 허리를 곧게 펴고 앉은 사람들이 이곳에서 하는 일의 8할은 한 사람의 이야기를 듣는 것이다. 그러니 아이들은 여기에 오면 언제나 부모에게 묻는다. 언제 끝나?

일요일이면 엄마 아빠와 함께 성당이나 교회에 가는 아이들의 심정이 어떠한가에 대해서는 이미 『톰 소여의 모험』에 너무나도 잘 묘사된 바 있다.

"목록이 너무 길어 세상의 종말이 올 때까지도 이어질 것만 같았다." (예배를 마칠 때 공지사항을 듣는 기분)

"톰은 기도 시간이 조금도 즐겁지 않았다. 그저 참고 견졌다."

"내용이 어찌나 진부한지 많은 사람들이 고개를 꾸벅거리며 졸았다."

요즘에는 아이들의 눈높이에 맞춘 '어린이 미사'도 있지만, 그래도 우리 집 어린이는 아직은 엄마 아빠와 함께 있고 싶다며 주일 미사에 참석한다. 이제는 저학년이 아닌 형님이고, 또 성당의 분위기에 익숙해져서인지 예전처럼 몸을 배배 꼬지는 않지만 그래도 가끔 지루한 표정을 짓는 건 어쩔 수 없다. 그렇다고 모든 어린이가 톰 소여나 우리 집 어린이 같지는 않은 모양이다. 지난 일요일에 다녀온 미사에서 들은 얘긴데, 다른 성당으로 발령이 나 곧 떠나게 될 신부님께 한 어린이가 이런 편지를 써드렸다고 한다.

신부님을 이제 못 본다니 너무 슬퍼요. 성당에 올 때마다 신부님께서 강복(하느님께서 복을 내려주신다는 뜻)을 빌어주시고, 축복한다고 말씀해주실 때마다 정말 정말 마음이 편안하고 좋았어요. 신부님은 하느님이 제게 보내주신 천사 같아요.

이야기를 듣던 우리 집 어린이는 아이의 그 말을 이해한다는 표정을 지었다. 생각해보니, 지루할 수 있는 미사 도중에 그래도 아이가 기꺼운 마음으로 참여하는 순서는 영성체 예식(그리스도의 몸과 피를 의미하는 빵, 즉 성체를 받아 모시는 의식)이다. 이 시간에 신부님 앞으로 나아가면, 아직 세례를 받지 않은 신자들은 영성체 대신 신부님께 강복을 받는다. 아이는 그 시간에 신부님께 이런 이야기를 듣기도 했다.

"너는 큰사람이 될 거야."

아이의 머리에 가만히 손을 올리고 신부님이 예언처럼 다정한 축복을 빌어주실 때, 뒤에 서 있던 나는 아이의 표정을 볼 수는 없었다. 대신 얌전히 모아 붙인 두 손과 가만한 어깨에서 아이가 누구보다 경건하게 신부님의 축복을 받아들이고 있다는 것만은 알 수 있었다. 보이지 않는 거룩한 존재의 응원을 받아 반짝이는 눈을 하고 자리에 돌아와 앉은 아이에게 물었다.

"강복 받으니까 어땠어?"

"좋았어. 신부님이 내가 큰사람이 될 거래. 나 저 신부님 좋아."

어린이는 아직 자신에 대해 모른다. 내가 어떤 사람인지, 무엇을 가졌는지, 무엇이 될 수 있는지 당연히 알 수 없다. 그런 것들은 앞으로 살아가며 보고 배우고 경험하는 동안 천천히 알게 되는 것이니까.

자신이 누구인지, 인생이 무엇인지 몰라 어쩐지 삶이 두렵고 캄캄하게 느껴지는 시간, 어른들의 어떤 말들은 어린이가 살아가며 의지할 수 있는 마음의 기둥이 된다.

"걱정하지 마. 너는 잘될 거야."

동화 『나쁜 어린이 표』에 실린 '작가의 말'에서, 황선미 작가는 아이에서 어른이 되는 동안 그 말을 늘 기억했다고 고백했다.

어린 시절의 작가는 슬퍼도 울지 않고, 화가 나도 싸우지 않는 아이였다. 어려운 환경은 아이들을 일찍 철들게 한다. 일에 지쳐 고단한 부모님을 생각하면 투정과 어리광을 부리는 대신 많은 것을 참고 견딜 수밖에 없었을 것이다. 그 마음을 누구에게도 털어놓지 못한 채 부모의 챙김과 사랑을 받는 친구들의 뒷모습을 바라만 보던 외로운 아이는 어느 날 책이 있는 교실을 발견한다. 그곳에는 어두워질 때까지 남아 책을 읽어도 그만 집에 가라고 하지 않는 선생님이 계셨다. 선생님은 그 교실의 열쇠를 아이에게 맡겼다. 책을 마음껏 읽다 가라는 따뜻한 배려였다. 슬픔과 외로움을 책으로 견디는 시간을 지켜보던 선생님은 아이가 중학교에 가지 못했다는 소식을 듣고 편지까지 보내주신다.

학교를 떠난 뒤에도 아이는 선생님이 자신에게 했던 말을 잊지 않는다. 너는 잘될 거야. 그 말을 꼭 붙잡는다. 마치 그것만이 살 길이라는 듯. 생각해보면 그렇게 특별한 말도 아니었다. 지나가는 인사로 앞선 세대가 다음 세대에게 할 수 있는 흔한 말이었다. 하지만 아이는 그 속에 담긴 진심을 알아챘고 그 말은 세상에서 가장 특별해졌다. 그러자 그 말은 아이의 마음에서 희망의 씨앗으로 자랐다.

어른이 되기까지 아슬아슬하고 위태로운 시간을 건너가는 동안 아이는 언제나 그 말을 기억하며 견뎠다. 어쩌면 그때 아이는 스치는 응원조차도 너무나 간절한 시간을 살고 있었던 건지도 모른다. 자신을 믿지 못하는 시간, 누군가 아니라고, 너의 미래는 네가 생각하는 것보다 훨씬 밝고 아름답다고, 내가 확신할 수 있다고, 나보다 큰 어른이 나보다 수많은 경험을 한 어른이 그렇게 말해주기를 바라고 또 바랐던 건 아니었을까. 작가의 '찐팬'으로서 그 선생님께 너무 감사하다. 어쩌면 신부님의 강복처럼 한 아이의 미래를 축복하며 믿어주던 어른 덕분에 우리가 『마당을 나온 암탉』이라는 엄청난 동화를 만날 수 있었던 건지 모르는 일 아닌가.

어른들이 아이 앞에서 더 많이 더 자주 '장담'을 했으면 좋겠다. 나도 나를 모르겠는 시간을 살며 수없이 자신의 존재를 의심할 어린 친구들에게, 강력하고 확신에 찬 어조로 마치 예언자처럼 말해주면 좋겠다. 어디 가서든 사랑받을 거라는 말도 좋고, 무엇이든 잘해낼 거라는 말도 좋고, 정말 좋은 사람이 될 거라는 말도 좋고, 앞으로 좋은 사람들과 행복할 기회가 많을 거라는 말도 좋다. 아이를 향한 축복과 응원과 격려와 믿음이 담긴 말이라면 그 어떤 말이라도 좋을 것이다. 아이들은 믿어주고 격려해주고 응원해준 만큼 자라는 존재니까.

어린이를 향한 확신에 찬 어른의 장담 중에 가장 인상적인 말은 이거였다.

"너는 네가 원하는 삶을 살게 될 것이다. 내가 그렇게 할 것이다."

어느 인터뷰에서 정유정 작가가 자신의 아들을 향한 다짐을 이렇게 말했을 때(정확한 워딩인지 기억이 명확하지 않지만, 이런 의미였다는 것은 확실하다), 나는 가슴이 콩콩 뛰었다. 그 확신에 찬 뜨거운 사랑이 마치 내게도 전해지는 것 같아서. 그 마음을 너무 알 것 같아서. 네가 네 자신으로 제대로 행복하게 살 수 있도록 내가 할 수 있는 모든 것에 최선을 다하겠다는 마음. 태어나 단 한 시간도 타인의 보살핌 없이는 살 수 없는 나약한 종인 인간이 이토록 강한 종이 된 것은 그 단단한 사랑과 엄청난 축복 때문일 거라고 그때 나는 확신했었다.

"어떤 땐 나보다 네가 나를 더 믿는 게 아닌가 하는 생각이 들어."

— 찰리 매커시, 「소년과 두더지와 여우와 말」

책 속 소년처럼, 나를 못 믿을 것 같은 순간이 다시 찾아올 때, 나를 믿고 알아봐준 존재를 믿고 다시 앞으로 나아갈 수 있는 날이 함께하기를 빈다. 내가 혼자 걸어왔다고 생각한 슬프고 외로운 모든 순간에 결코 혼자가 아니었다는 것을 기쁘게 깨달을 날이 꼭 찾아오기를 꿈꾼다. 그때가 오면, 보이지 않았을 뿐 내 옆에 언제나 함께했을 어떤 존재를 향해 가장 근사한 미소를 지을 수 있기를. 다음 주 성당에서 할 나의 기도는 그런 것이다.

반짝반짝 빛나는 '어린이의 말' 저장소

(문학작품과 영화 속, 그리고 곁에 있는 어린이의 말들 중에서)

"어떤 날은 마흔세 번이나 해가 지는 걸 보았어." _p. 45

"하지만 어른들을 나쁘게 생각해서는 안 된다. 아이들은 어른들을 너그럽게 대해야 한다." _p. 49

"엄마는 좋겠다. 집에 있어서." _p. 57

"태권도인이 되려면 예쁜 발을 포기해야 한대." _p. 79

"엄마는 좀 힘들어도 사랑하는 사람이랑 있는 게 좋아? 아니면 안 아프고 혼자 있는 게 좋아? 당연히 좀 아프고 힘들어도 사랑하는 사람이랑 있는 게 좋지?" _p. 80

"방향이 아래를 향하더라도 너 스스로 뛴다면 그건 나는 거야." _p. 86

"전처럼 잘 날지 않아도 돼. 그냥 마음껏 날아." _p. 86

"엄마가 화났을 때는 그냥 앉아서 책을 읽는 게 차라리 낫거든요." _p. 89

"나 이렇게 키워주고 아껴주고 사랑해줘서 고마워. 영원히 사랑할 게." _p. 95

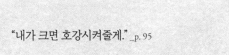

"내가 크면 호강시켜줄게."_p. 95

"나는 엄마를 기쁘게 하려고 태어나는 거예요."_p. 96

"나는 '엄마의 기쁨'이야? 내가 있어서 엄마는 정말 행복해?"_p. 97

"언니, 내 마음에서 뭔가 깨지는 것 같아."_p. 102

"캔디를 돌보고 있으면 이상하게 힘이 났고, 위로받는 기분이었고
대단한 일을 하는 기분이었어요."_p. 115

"어제 이야기는 아무 의미가 없어요. 전 어제의 제가 아니거든요."
_121p

"이까짓 거!"_135p

"언제 그랬냐는 듯 우리는 또 이렇게 행복해졌네."_p. 157

"내가 가장 괴로울 때는 내가 내 마음에 들지 않을 때다."_p. 159

"너는 그림을 잘 그리잖아. 한 번 사는 인생, 좋아하는 것만 잘하면 돼." _p. 160

"이게 편해. 착한 게 좋은 거야. 착하면 좋은 일이 생긴댔어." _p. 169

"엄마, 사람은 누구나 다 엄청나게 특별하고 강한 존재래. 3억 마리의 정자 중에서 가장 강하고 운이 좋은 정자가 난자와 만나서 수정이 돼서 우리가 태어난 거니까. 누구나 그렇대. 정말 대단하지?"
_p. 171

"나는 엄마 아빠처럼 훌륭해지기 싫다고!" _p. 176

"그럴 때는 기다리면 돼요. 하느님이 슬픔을 통해서 뭔가 좋은 걸 주시려고 한다는 생각을 하면서요." _p. 194

"엄마가 큰데 엄마가 무섭게 말하면 안 돼. 우리는 작으니까 무서워."
_p. 201

"저는 부모님의 속마음이 알고 싶습니다. 항상 저만 보면 웃는데, 왜 웃는지 정말 알고 싶어요." _p. 203

"음, 안아주고, 책도 읽어주고, 사랑한다고
말해주는 엄마요."_p. 221

"엄마는 내 마음을 알아줘요."_p. 224

"어딜 가나 사람들이 있잖아요."_p. 228

"우리는 가라앉지 않아. 내 배랑 나는."_p. 236

"나도 지켜줄게요."_p. 271

"중요한 건 우리 모두 그런 나쁜 날들을 견뎌내야만 한다는 거야. 죽
을 때까지 아기 취급받고 싶지 않으면, 아니 특별한 도움이 필요한
아이로 남고 싶지 않으면 받아들이고 이겨내야 해."_p. 277

"누구나 살면서 적어도 한 번은 기립 박수를 받아야 한다. 우리는 모
두 세상을 극복하니까."_p. 280

함께 들여다본 책과 영화들

1장 – 우리가 사랑한 어린이

시드니 스미스 글 그림, 『괜찮을 거야』, 책읽는 곰, 2020

루시 모드 몽고메리 글, 조디 리 그림, 『빨간 머리 앤』, 시공주니어, 2002

폴 김·한돈균, 『교육의 미래, 티칭이 아니라 코칭이다』, 세종서적, 2020

박준, 『계절 산문』, 달, 2021

차영아 글, 한지선 그림, 『쿵푸 아니고 똥푸』, 문학동네, 2017

영화 〈진짜로 일어날지도 몰라 기적〉, 고레에다 히로카즈 연출, 2011

앙투안 드 생텍쥐페리 글, 김민지 그림, 『어린 왕자』, 인디고(글담), 2015

마크 트웨인 글, 천은실 그림, 『톰 소여의 모험』, 인디고(글담), 2017

찰스 M. 슐츠 글 그림, 『루시, 그래 인생의 주인공은 나야』『찰리 브라운, 걱정이 없으면 걱정이 없겠네』『스누피, 나도 내가 참 좋은걸』, 알에이치코리아, 2019

영화 〈원더풀 라이프〉, 고레에다 히로카즈 연출, 2001

아스트리드 린드그렌 글, 잉리드 방 그림, 『내 이름은 삐삐 롱스타킹』『꼬마 백만장자 삐삐』『삐삐는 어른이 되기 싫어』, 시공주니어, 2017

2장 – 이토록 작고 외롭고 빛나는 너의 말

사노 요코 글 그림, 『태어난 아이』, 거북이북스, 2016

은소홀 글, 노인경 그림, 『5번 레인』, 문학동네, 2020

김민우 글 그림, 『나의 붉은 날개』, 노란상상, 2021

무라카미 하루키 글, 아유미 그림, 『샐러드를 좋아하는 사자』, 비채, 2013

옌스 안데르센, 『우리가 이토록 작고 외롭지 않다면』, 창비, 2020

노부미 글 그림, 『내가 엄마를 골랐어!』, 위즈덤하우스, 2018

유은실 글, 권사우 그림, 『나의 린드그렌 선생님』, 창비, 2013

영화 〈우리들〉, 윤가은 연출, 2016

휘리 글 그림, 『잊었던 용기』, 창비, 2022

트리나 폴리스 글 그림, 『꽃들에게 희망을』, 시공주니어, 1999

문경민, 『우리들이 개를 지키려는 이유』, 밝은미래, 2020

루이스 캐롤 글, 김민지 그림, 『이상한 나라의 앨리스』, 인디고(글담),
    2018

3장 – 반짝이지만 초라하고 웃기지만 슬펐던

초등샘Z, 『오늘 학교 어땠어?』, 책나물, 2022

원동민 글 그림, 『어른이라는 거짓말』, 홍익출판사, 2016

박현주 글 그림, 『이까짓 거!』, 이야기꽃, 2019

이현 글, 최민호 그림, 『플레이 볼』, 한겨레아이들, 2016

맷 마이어스 글 그림, 『파도가 차르르』, 창비, 2020

모리스 샌닥 글 그림, 『괴물들이 사는 나라』, 시공주니어, 2002

신수현 글, 김성희 그림, 『빨강 연필』, 비룡소, 2011

영화 〈스탠 바이 미〉, 로브 라이너 연출, 1986

이은재 글, 신민재 그림, 『또 잘못 뽑은 반장』, 주니어김영사, 2014

베라 브로스골 글 그림, 『내 인생 첫 캠프』, 시공주니어, 2019

이현정·김양석·문덕수·김효원·김현진·송숙형·권국주·송지혜, 『아이들이 사회를 만날 때』, 글항아리, 2021

모드 쥘리앵, 『완벽한 아이』, 복복서가, 2020

최나미 글, 홍정선 그림, 「장대비」, 『천사를 미워해도 되나요?』, 한겨레아이들, 2012

4장 _ 어린이는 다 알고 있다

진형민 글, 이한솔 그림, 『소리 질러, 운동장』, 창비, 2015

루크 피어슨 글 그림, 『힐다, 검은 괴물과 마주치다』, 찰리북, 2019

요한나 슈피리, 『하이디』, 인디고(글담), 2012

바실리스 알렉사키스 글, 장-마리 앙트낭 그림, 『너 왜 울어?』, 북하우스, 2009

이진민, 『아이라는 숲』, 웨일북, 2022

칼 필레머, 『내가 알고 있는 걸 당신도 알게 된다면』, 토네이도, 2012

댄 샌탯 글, 사만사 버거 그림, 『Crankenstein』, Little Brown & Co, 2013

오하림 글, 애슝 그림, 『순재와 키완』, 문학동네, 2018

최영희, 「전설의 동영상」, 『안녕, 베타』, 사계절, 2015

김성진 글, 김중석 그림, 『엄마 사용법』, 창비, 2012

남찬숙 글, 정지혜 그림, 『혼자 되었을 때 보이는 것』, 미세기, 2015

이희영, 『페인트』, 창비, 2019

5장 – 너와 함께, 한 번 더 사는 날들

서천석, 『그림책으로 읽는 아이들 마음』, 창비, 2015

캐시 핸더슨 글, 패트릭 벤슨 그림, 『작은 배』, 보림, 2000

보린 글, 센개 그림, 『쉿! 안개초등학교』, 창비, 2021

김애란, 「서른」, 『비행운』, 문학과 지성사, 2012

심윤경, 『설이』, 한겨레출판, 2019

사라 스트리츠베리 글, 사라 룬드베리 그림, 『여름의 잠수』, 위고, 2020

방미진 글, 국민지 그림, 『13일의 단톡방』, 상상의집, 2020

이서윤, 『이서윤의 초등생활 처방전 365』, 아울북, 2021

이성종, 『당신 아들, 문제없어요』, 가나출판사, 2020

영화 〈굿 윌 헌팅〉, 구스 반 산트 연출, 1998

영화 〈미쓰백〉, 이지원 연출, 2018

R. J. 팔라시오, 『아름다운 아이』, 책과 콩나무, 2012

황선미 글, 이형진 그림, 『나쁜 어린이 표』, 이마주, 2017

찰리 맥커시 글 그림, 『소년과 두더지와 여우와 말』, 상상의 힘, 2020

작고 외롭고 빛나는
어린이의 말

초판 1쇄 인쇄 2023년 5월 24일
초판 1쇄 발행 2023년 6월 1일

지은이 박애희
펴낸이 정중모
펴낸곳 도서출판 열림원

출판등록 1980년 5월 19일(제406 – 2000 – 000204호)
주소 경기도 파주시 회동길 152
전화 031 – 955 – 0700
팩스 031 – 955 – 0661　　　　　　페이스북 /yolimwon
홈페이지 www.yolimwon.com　　　　트위터 @yolimwon
이메일 editor@yolimwon.com　　　　인스타그램 @yolimwon

주간 김현정　　　　　　　　　　마케팅 홍보 김선규 최가인 최은서
책임편집 조혜영　　　　　　　　온라인사업 서명희
편집 황우정 이서영 김민지　　　제작 관리 윤준수 이원희 고은정 구지영
디자인 강희철　　　　　　　　　표지 본문 디자인 형태와내용사이

ⓒ 박애희, 2023

ISBN 979 – 11 – 7040 – 195 – 7　03810

* 저자와 출판사의 서면 허락 없이 내용의 일부를 무단 사용하거나 발췌하는 것을
  금합니다.
* 책값은 뒤표지에 있습니다. 잘못된 책은 구입하신 곳에서 교환해드립니다.
* 이 책에서 인용한 200자 원고자 한 장 이상 분량의 글은 저작권자에게 이용 허가를
  받았습니다. 연락을 취했으나 미처 답을 받지 못한 건은 추후 허가를 받고 대가를 지
  불하겠습니다.